DE WAARHEID OVER HET LIEGEN

Benedict Wells bij Meulenhoff:

Het einde van de eenzaamheid
Becks laatste zomer
Op het geniale af
Hard land
Dromer
De waarheid over het liegen

meulenhoff.nl

Benedict Wells

De waarheid over het liegen

VERHALEN

Vertaald door
Gerda Baardman

MEULENHOFF

ISBN 978-90-290-9690-4
ISBN 978-94-023-2018-3 (e-book)
ISBN 978-90-528-6616-1 (audio)
NUR 302

Oorspronkelijke titel: *Die Wahrheit über das Lügen*
Omslagontwerp: Zeno
Omslagbeeld: © Bridgeman Images
Auteursfoto: © Lukas Maeder/13PHOTO
Typografie binnenwerk: Adriaan de Jonge

Voor Susan

'De mens is een genie als hij droomt.'
Akira Kurosawa

Inhoud

De wandeltocht

(2018)

Het was zo'n nazomerdag – blauwe lucht, zachte, melkachtige nevel – waarop je overmoedig wordt en een gevoel van tijdloosheid krijgt, alsof de naderende herfst nog ver weg is.

Henry M. zat in de tuin van het vakantiehuisje dat hij had gekocht om de stress van de stad te ontvluchten. Daar kwam natuurlijk zelden veel van terecht, want ook nu zat hij rechtop in zijn ligstoel met een collega te bellen. Zijn stem dreunde door het tuintje, zijn overhemd met korte mouwen stond open en hij had een glas in zijn hand.

Nadat hij had opgehangen, nam hij een slok en keek tevreden naar de berg aan de voet waarvan het vakantiehuis lag. De deal met Zurbriggen was bijna rond en dan had zijn bedrijf een van de opmerkelijkste fusies van de laatste tijd tot stand gebracht.

Henry leunde achterover. Hij ging verder in het korte verhaal van John Cheever dat hij aan het lezen was, maar werd al snel afgeleid door de vrolijke stemmen achter het huis. Uiteindelijk legde hij zijn boek weg en ging kijken: zijn dochter Mia veerde met een artistieke sprong het zwembad in en zijn vrouw moest haar een cijfer geven.

'En dan nu een salto met schroef.' Ze nam een aanloop, sprong krachtig af, haalde niet eens een halve salto en petste na haar draai plat op haar rug in het water. Opgewonden draaide ze zich om naar haar moeder. 'En?'

'Een negen!' zei zijn vrouw.

Mia trok een sip gezicht. 'Mam, je bent veel te lief. Dat was hoogstens een vijf. Je moet wel streng zijn, hoor.'

Henry glimlachte. Hij nam weer een slok en keek naar zijn vrouw, die badend in het milde ochtendlicht op de rand van het zwembad stond. Ze was onderwijzeres en had de laatste tijd last van stress. De zon en de hoogte deden haar goed, ze zag er verkwikt, bijna bloeiend uit. Ze was een jaar ouder dan hij en hij dacht geamuseerd terug aan hun verlegenheid bij hun eerste ontmoeting.

Hij sloeg een arm om haar middel en ze keken samen naar de volgende sprong van hun dochter. Nu moest hij ook een cijfer geven; hij gaf zijn dochter een zeven, zijn vrouw weer een negen.

'We gaan straks barbecueën.' Ze pakte zijn hand. 'Doe je mee?'

Henry had wel zin om de dag met zijn gezin door te brengen, maar hij dacht ook aan de berg. Ondanks zijn wandelpassie was hij deze keer nog niet boven geweest, en bovendien, hoelang duurde dat nu helemaal... twee, drie uur? Een zonnestraal liet zijn glas flonkeren en door de bijna afgeronde deal werd zijn dadendrang aangewakkerd. Een aangenaam vooruitzicht: straks in de herberg bij de top een koel glas bier bij wijze van beloning.

'Ik wilde eerst nog een wandelingetje maken.'

'Goed.' Zijn vrouw knikte alsof ze niets anders had verwacht.

Die rusteloosheid, die behoefte aan een vrijheid die hij vaak alleen in zijn werk of in het alleen-zijn vond, was altijd zijn zwakte geweest. Hij had gedacht dat het huwelijk hem rust zou brengen, en later dat de kinderen hem zouden veranderen, maar nog steeds zag hij zichzelf graag als de flaneur die lichtvoetig tussen gezin, werk en vriendschappen heen en weer fladderde, vaak een tijdje ergens bleef, maar nooit lang, omdat hij zelf zo op zijn onafhankelijkheid gesteld was. Zijn grote geluk was zijn vrouw, die hem altijd begreep en aan het eind van de dag op hem zat te wachten als hij van kantoor of na een reis thuiskwam.

Ze gaf hem een zoen. 'Maar neem een jasje mee, straks gaat het misschien regenen. En denk eraan, we willen op zijn laatst om acht uur beginnen.'

'O, dan ben ik allang terug.' Hij streelde met zijn duimen de nog altijd prachtige huid van haar hand. Toen liet hij haar los en ging naar binnen.

Zijn zoon was op zijn kamer, zoals meestal. David was ziekelijk en leed nu al twee jaar aan onverklaarbare migraineaanvallen, waardoor hij vaak dagenlang was uitgeschakeld en een teruggetrokken kind was geworden. Henry wist dat de jongen hem nodig had en hij had het vakantiehuisje ook gekocht om meer tijd met hem samen te hebben.

De kamer was verduisterd, het leek wel een hol. David lag op zijn bed en staarde naar het plafond. Als hij hoofdpijn had, kon hij niet eens lezen of tv-kijken en uitgerekend vandaag, op zijn achtste verjaardag, had hij weer een aanval.

Henry ging op de rand van het bed zitten en probeerde een gesprekje aan te knopen, maar zijn zoon gaf alleen eenlettergrepige antwoorden en hij begon zich opgelaten te voelen.

'Je verheugt je toch wel op je feestje vanavond?' vroeg hij ten slotte. 'Er zou namelijk weleens een verrassing voor je kunnen zijn.'

'Wat voor verrassing?' David ging rechtop zitten. 'Een fiets?'

'Wacht maar af.' Henry glimlachte. 'Maar ik weet zeker dat je er blij mee zult zijn.'

Het was een duur cadeau geweest, maar David had het deze zomer erg zwaar gehad en Henry had het gevoel dat zijn zoon wel iets groots verdiende.

Bij de gedachte aan zijn cadeau leek de jongen werkelijk op te fleuren. Zijn ogen begonnen te stralen en hij wilde net iets gaan vertellen toen Henry's telefoon ging. Henry aarzelde, aaide zijn zoon toen over zijn bol en liep de gang op om zijn telefoon op te nemen; vanavond op het feestje zou hij het wel goedmaken.

Met zijn medewerker sprak hij nog een paar laatste details over de Zurbriggen-deal door. Een kort, geconcentreerd gesprek waarna hij zich zo jong en overmoedig voelde als hij zich lang niet had gevoeld. Het was pas midden op de dag, buiten was het dertig graden. Hij schonk zich nog een drankje in en trok zijn bergschoenen aan.

Terwijl hij in de tuin naar het prille appelboompje keek dat hij na de aankoop van het huisje had geplant, hoorde hij voetstappen achter zich. Mia had zich aangekleed en wilde mee, maar zonder erbij na te denken, zei hij: 'Ander keertje. Ik moet nog een paar telefoontjes plegen.'

Zijn dochter keek hem teleurgesteld aan. 'Mag ik dan mee tot het eind van de straat?'

Hij lachte. 'Natuurlijk!'

Die vijfhonderd meter liepen ze samen. Er stond een ligusterhaag om de tuin van de buren en de lucht was verzadigd van de zware, zomerse geur van bloeiende rozen. Mia babbelde honderduit over haar vriendinnen, bestookte hem met vragen en wilde weten wat David voor zijn verjaardag kreeg, maar ook nu zei hij alleen: 'Dat is een verrassing.'

Plotseling geblaf. Henry schrok en keek om zich heen. Al van kinds af aan was hij bang voor honden, maar er was er nergens een te zien. Mia leek niets te hebben gehoord en had het nog steeds over het verjaarsfeestje; ze vertelde dat ze een tekening voor haar broer had gemaakt.

Aan het eind van de straat was hij bijna verdrietig dat ze al afscheid moesten nemen. Maar hij moest nog iets regelen en de vrolijkheid van zijn dochtertje zou op een langere wandeling ook vermoeiend kunnen worden.

Mia had hem trouwens allang vergeven. Ze rende terug naar huis, draaide zich na een meter of honderd om en zwaaide naar hem.

Hij was verrast dat het klimmen hem zo licht viel. Jaren geleden had hij bij het skiën zijn meniscus gescheurd en sindsdien had hij af en toe een steek in zijn knie, vooral bij het afdalen, maar niet alleen dan. Tot nu toe had hij nergens last van. Er waren veel wandelaars onderweg en Henry groette vriendelijk, maar genoot vooral van de ogenblikken dat hij alleen was. Zijn voetstappen veerden op de knisperende bosgrond en net als vroeger als jongen probeerde hij de drukke geluidjes van de vogels in de bomen thuis te brengen. Hij was nog een beetje licht in het hoofd van zijn twee drankjes, maar in deze hitte zweette hij de alcohol er snel uit.

Toen hij na een uur door het bos heen was, kwam hij

op het lange, kronkelende pad naar de top. Dat was steiler dan hij zich herinnerde, maar hij sportte veel en was er trots op dat hij nauwelijks buiten adem raakte. Onderweg belde hij een paar keer, maar met de deal liep alles soepel en bovendien was zijn telefoon bijna leeg. De zon brandde in zijn nek; goed dat hij dat jasje toch maar niet had meegenomen.

Bijna in een roes kwam hij langs een bergwei, waar hij ineens een sterke rottingslucht waarnam.

Hij keek om zich heen, maar kon niet vaststellen waar de stank vandaan kwam en een paar seconden later was de lucht weer net zo zuiver als eerst.

In de vroege middag rustte hij even uit in de grote herberg vlak onder de top; hij had geluk en vond het laatste vrije plekje op het terras. Iets verderop zat een Zuid-Europees aandoend bruiloftsgezelschap en er steeg voortdurend gelach op. Hij vroeg zich af wie op het idee was gekomen helemaal hierboven te trouwen en bestelde een biertje. Toen kwam het gehoopte telefoontje van kantoor. Zijn collega schetterde hem het goede nieuws bijna in zijn oor: de overeenkomst voor de fusie was zojuist ondertekend.

Hij balde zijn vuist. Hier hadden ze meer dan een jaar naartoe gewerkt, dit was het hoogtepunt in zijn carrière. Hij overwoog zijn vrouw te bellen, maar besloot het pas die avond te vertellen. Zijn meeste triomfen vierde hij hoe dan ook alleen.

De zon brak achter de ronde bergtop door de steeds dichter wordende bewolking. Henry keek ernaar en dacht aan het verjaarscadeau voor zijn zoon. Aan de sprongen van zijn dochter in het zwembad. Aan het liefdevolle karakter van zijn vrouw en aan de Zurbriggen-deal, die zijn aanzien en zijn vermogen bepaald geen kwaad zou doen. Hij werd overspoeld door een groot geluksgevoel. Dit waren zijn gouden jaren, als vader, als echtgenoot en als zakenman, en hij genoot van de vrijheid om heen en weer te wandelen tussen die verschillende werelden, want die beschouwde hij als zijn grootste verworvenheid.

Hij wenkte de jonge, knappe serveerster. Ze glimlachte naar hem en hij lachte even flirterig terug. Vroeger had hij weleens een affaire gehad, meestal om de eentonigheid van zijn zakenreizen wat te verlichten, maar de laatste jaren permitteerde hij zich nog maar zelden zo'n escapade.

Bij het afrekenen keek hij op zijn telefoon: als hij nu terugging, was hij nog op tijd voor het feestje van zijn zoon. Maar dan had hij de top niet gehaald en hij vond niets gruwelijker dan niet afmaken waaraan hij was begonnen. Hij zou gewoon snel lopen, dan haalde hij het allebei als het meezat.

Hij liep vlot door, maar de laatste etappe was langer dan hij had gedacht. Onderweg kwam hij niemand tegen en op de top was hij alleen. Het was inmiddels helemaal bewolkt en het uitzicht was nauwelijks beter dan vanaf het terras van de herberg. Een tikje ontnuchterd ging hij terug.

Bij het afdalen voelde hij de gevreesde steken in zijn knie, maar hij mocht van zichzelf niet vertragen. Toen hij weer bij de herberg kwam, had hij al een flinke achterstand opgelopen. Het terras was inmiddels leeg en ook de serveerster was er niet meer. Was hij zolang weggebleven, in zijn kinderlijke vertrouwen dat de tijd op de mooiste momenten stilstond? Of was iedereen voor het naderende onweer gevlucht? Hij wilde net de weg naar het dal inslaan toen iemand hem riep.

Voor de ingang stond, ietwat verloren, een oude studiegenoot wiens achternaam Henry niet te binnen wilde schieten. Met tegenzin ging hij naar hem toe en ze wisselden wat beleefdheden uit. Zijn oude kennis was dik geworden en hij had een doorgezweet poloshirt aan. Hij feliciteerde hem met zijn zakelijke successen. Toen trok hij een somber gezicht. 'Wat erg, van je zoon.'

Henry voelde zich betrapt. Hoe wist zijn studiegenoot van Davids migraine? Voorzichtig informeerde hij hoe hij daarbij kwam.

'Dat zei Stella een paar weken geleden, een oude vriendin. Ze werkt bij jou op kantoor. Tragisch... zo jong.'

Henry stond even met zijn mond vol tanden. Er werkte helemaal geen Stella op zijn kantoor, dus het sloeg nergens op. Geïrriteerd nam hij afscheid en hij liep naar het dal. Toen hij weer alleen was, moest hij even lachen. Hij zou zijn vrouw straks over die ontmoeting vertellen. Hij probeerde naar huis te bellen, maar het nummer was steeds in gesprek. Teleurgesteld stak hij zijn telefoon weer in zijn zak.

Er woei een koel briesje langs de helling. Henry wreef zijn armen warm. Nu de zon weg was, werd het op deze hoogte nogal fris, moest hij toegeven; misschien had hij dat jasje toch moeten meenemen. De steken in zijn knie hielden ook niet op en hij merkte dat de pijn en het gesprek met de studiegenoot zijn stemming behoorlijk hadden verpest.

Een blik op zijn telefoon bevestigde zijn angstige vermoeden: hij zou niet om acht uur terug zijn voor het feestje. Hij besloot het slingerende pad te verlaten en een stuk af te snijden over de bergwei. Hij had al een hele tijd geen andere wandelaars meer gezien, wat hij vreemd vond, en op de nieuwe route leek hij helemaal de enige te zijn. Toen zag hij *hem*.

Vlak voor hem, midden in de wei, stond een grote herdershond met een donkere vacht die er vuil en vervilt uitzag.

Henry deinsde terug. De hond bleef staan waar hij stond en hield hem nauwlettend in de gaten. Hij ergerde zich aan zijn eigen angst, belachelijk... Maar hij was als kind eens door de hond van de buren gebeten en zelfs puppy's van vrienden begonnen altijd meteen te blaffen als ze hem zagen. Er leek iets met hem te zijn wat die dieren op de zenuwen werkte.

Hij durfde alleen nog in krabbengang te lopen. Net toen hij dacht dat hij veilig was, hoorde hij achter zich ineens agressief geblaf. Hij keek om en zag uit zijn oog-hoek dat de herdershond op hem afstormde. Panisch zette hij het op een lopen, maar in de hele wei was ner-gens een boom om in te klimmen. Hij struikelde en smakte tegen de grond.

Hij voelde een vlijmende pijn in zijn enkel. Hij dacht dat de herdershond in zijn nek stond te hijgen en zag de ontblote tanden al voor zich. Wild keek hij om zich heen, maar de hond leek in een andere richting te zijn weggelopen, want hij zag hem nergens meer. Hij ont-waarde alleen een grote, donkere boomstronk midden op de weide.

Waarschijnlijk was hij in zijn vlucht de weg kwijtge-raakt. Anders kon hij niet verklaren dat het bos nog steeds zo ver weg was toen de eerste druppels uit de lucht vielen en de drukkende atmosfeer zich in een stortbui ontlaadde. Eerst kon hij er alleen maar om glimlachen. Wat was hij toch een idioot, voortsjok-kend over een onbekende weg, drijfnat, uren te laat en met pijn, en dat nota bene op de dag van de grote Zur-briggen-deal.

Met de regen kwam ook de kou. Eerst voelde hij die alleen op zijn huid, maar geleidelijk drong ze in zijn botten en ook in zijn gemoed, en de steeds ergere pijn in zijn enkel dwong hem te blijven staan. Dit kon niet zomaar een verstuiking zijn, misschien had hij iets gebroken. Moeizaam strompelde hij door, maar het bos kwam maar niet dichterbij en hij durfde niet eens meer op zijn telefoon te kijken hoe laat het was. Was hij maar niet dat laatste stuk naar de top gegaan!

Weer probeerde hij zijn gezin te bereiken, maar nu kreeg hij de mededeling dat het nummer niet bestond, waarna het scherm zwart werd – de accu was leeg.

De wind loeide door het dal en in de verte spleet een enorme bliksemstraal de leigrijze horizon. Het leek wel een heel andere dag dan toen hij bij het zwembad naar de sprongen van zijn dochter had gekeken. Waarom had hij haar niet meegenomen? Waarom kneep hij er zo vaak juist op harmonieuze ogenblikken tussenuit – bij zijn gezin, op avondjes met vrienden?

Hij had onderweg met Mia kunnen praten, meer over haar te weten kunnen komen. Eigenlijk kende hij haar nauwelijks. Zijn vrouw had hem onlangs verteld dat ze voor het eerst op een jongen verliefd was geworden, maar hij kon zich niet herinneren hoe die heette; iets Spaans. Luis? Jordi? Zijn geheugen was niet zijn sterkste punt.

Om die hond zou zijn dochter alleen maar hebben gelachen. Henry stelde zich voor hoe ze samen door de regen hadden kunnen wandelen, hij miste haar argeloze, opgewekte aanwezigheid. Maar deze eenzame wandeling was zijn eigen keuze geweest, zoals ook niemand hem had gedwongen David in zijn verduisterde kamer achter te laten of zijn jasje niet mee te nemen.

In de avondschemering bereikte hij het bos. De dichte kruinen van de bomen beschermden hem tegen de regen, maar het overhemd met korte mouwen en zijn korte broek voelden al heel lang stijf en koud aan en zonder telefoon had hij geen idee hoe laat het was. Waarschijnlijk wachtte zijn gezin al heel lang en had David uiteindelijk zijn cadeau maar zonder hem uitgepakt. Of misschien had hij het teleurgesteld in de hoek gezet en was hij weer naar zijn kamer gegaan.

Hij probeerde zich te herinneren hoe zijn zoon vroeger was, voor de migraineaanvallen. Levendiger, ja, vaak ook heel direct en slim. En had hij destijds niet veel belangstelling voor... Waarvoor ook weer? Mineralen en stenen, ja, precies. Maar hij hield ook van verhalen. Vroeger bracht Henry hem vaak naar bed en waren ze eigenlijk heel close. Hij herinnerde zich ineens weer dat hij zijn zoon over een practical joke uit zijn studententijd had verteld: Een bevriende geneeskundestudent had uit de snijzaal een vinger achterovergedrukt en die hadden ze in de mensa stiekem in de aardappelpuree gestoken. David was bijna gestikt van het lachen.

Henry keek naar de regendruppels die van de takken in de plassen vielen en had er ineens spijt van dat hij zijn zoon de laatste tijd nooit meer naar bed bracht. Bij Mia had hij nog weleens tijd gehad of gewoon tijd gemáákt, maar bij David was hij te vaak weggeweest. Hij bedacht dat zijn vrouw hem vaak had gevraagd meer met de jongen samen te doen. De vakanties die hij had gemist omdat hij voor zijn werk weg moest, of in elk geval zelf vond dat dat moest; al die belevenissen van zijn kinderen die hij alleen van horen zeggen kende en nauwelijks tot hem waren doorgedrongen. En had hij de genegenheid van zijn vrouw wel naar waarde weten te schatten? Hij had al die jaren voor zichzelf nodig gehad, hij had een bedrijf willen opbouwen. Het was geen eenvoudig werk dat hij deed en het succes was een verslavende roes, pure passie. Maar nu, alleen in het natte bos, moest hij toegeven dat hij een slechte vader en misschien ook een slechte echtgenoot was geweest.

Hij beet op zijn lip, en ineens werd hij opstandig: ja, misschien had hij fouten gemaakt, maar in de laatste weken van de vakantie zouden ze alles inhalen. De grote verrassing voor David zou de omslag inluiden, de...

Ineens wist hij niet meer wat het was.

Een fiets? Nee, dat verwachtte zijn zoon, maar het was iets anders, iets nog groters. Hoe hij zijn hersens ook pijnigde, hij kon er niet meer op komen. De ijzige, natte kou verlamde zijn verstand en leek ook zijn zintuigen aan te tasten; toen hij met zijn ogen knipperde, meende hij even een sneeuwvlok te zien.

Een plotselinge, ongekende pijn schoot door zijn enkel. Hij snoof van woede. Hij trok zijn schoen en sok uit en voelde met zijn vinger aan de zwelling: de dikke ader klopte. Ineens schreeuwde hij het uit, verrassend hard. Hij luisterde, maar het enige antwoord dat hij kreeg was het eindeloze gekletter van de regen. Hij zag het moment weer voor zich dat zijn zoon nog iets tegen hem had willen zeggen, en dat hij toen met zijn telefoon naar de gang was gelopen.

Henry keek naar het vage pad, dat hij nog nauwelijks kon zien door de tranen in zijn ogen. Hij schaamde zich en was te murw om zich ertegen te verzetten. Met zijn koude hand droogde hij zijn gezicht af en hij hinkte verder. Bij elke stap stelde hij zich een put voor waarin al zijn pijn verdween, een trucje uit zijn militairediensttijd.

Het moest nu wel bijna middernacht zijn. Hij vond zichzelf altijd heel sportief, maar nu had hij van honger en uitputting haast geen kracht meer in zijn benen. Hij hoorde zijn amechtige ademhaling; zo voelde het waarschijnlijk als je heel oud was. Maar de gedachte aan zijn kinderen dreef hem voort. Misschien had hij deze wandeling nodig gehad om zijn lesje te leren, hij zou zijn fouten goedmaken en alles anders doen als hij eindelijk weer thuis was.

Toen hij eindelijk in het holst van de nacht de open plek in het bos bereikte, had hij het eigenlijk al niet meer verwacht. In zijn hoofd had hij het vervaagde beeld van een zomermiddag waarop zijn dochter terug naar huis was gerend en in de verte nog een keer had omgekeken en naar hem had gezwaaid.

Langzaam strompelde hij zijn straat in, terug naar het vakantiehuis. Als jongen was hij op zulke momenten van enthousiasme harder gaan lopen en ook nu merkte hij dat zijn hart bij elke stap sneller ging kloppen. Bij de tuin van de buren hield hij de pas even in: had dat smakeloze glazen tuinhuisje daar altijd al gestaan? Hij dacht hoofdschuddend aan de architect die het had ontworpen.

Eindelijk was hij bij het tuinhek van zijn eigen huis. Iedereen sliep waarschijnlijk al en alles zou wel donker zijn, maar tot zijn verrassing brandde er nog licht in de woonkamer en op het stoepje voor de voordeur zag hij zijn vrouw zitten.

Zoals zo vaak had ze aan het eind van de dag op hem gewacht.

Hij keek even ontroerd naar haar, maar kon haar in het donker niet goed onderscheiden. Toen zag ze hem.

'Waar bleef je toch?'

Hij had gehoopt dat ze naar hem toe zou komen, maar ze bleef op het stoepje zitten.

De hele terugweg had hij nog een laatste vonkje vrolijkheid bewaard, een verbeten glimlachje dat hij nu tevoorschijn toverde. 'Niets aan de hand. Ik was een beetje verdwaald.'

Nu kwam ze langzaam overeind en ze liepen naar elkaar toe. Ineens voelde hij hoe zwak en uitgeput hij was en hoe hij haar warmte had gemist, maar ze maakte zich los uit zijn omhelzing. 'Wat zie je er verschrikkelijk uit.'

Even voelde hij de behoefte haar over zijn uitstapje te vertellen, maar hij wees alleen met zijn kin naar de donkere ramen op de eerste verdieping. 'Hoe was het feestje?'

Zijn vrouw keek hem verbijsterd aan. 'Hoe bedoel je?'

'Heeft David ons cadeau al opengemaakt?'

Die vraag leek haar nog meer van haar stuk te brengen dan de vorige. Ze deed een stap achteruit. 'Houd je me nu voor de gek?'

'Niet dat ik weet.' Hij probeerde het nog eens: 'Slapen ze al of kan ik nog even naar ze toe?'

Zijn vrouw keek naar hem alsof hij een vreemde was en er verscheen een hard trekje om haar mond. 'Ik weet niet wat er met je aan de hand is en waarom je dat vraagt,' zei ze ten slotte, 'maar Mia en haar man wonen in Spanje en David is al heel lang... Weet je zeker dat het goed met je gaat?'

Welke streek werd hem hier geleverd? Hij vroeg zich af wat hij terug moest zeggen, maar toen viel hem de stevige, hoge appelboom in de tuin op. En toen hij zijn ogen neersloeg en de hand van zijn vrouw zag, die hij nu krampachtig en trillend vasthield, zag hij dat die net zo oud en gerimpeld was als de zijne.

Hij stamelde wat, maakte een verwonderd geluidje, voelde zijn klamme, natte kleren weer en viel stil. Hij had niets meer te zeggen.

'Schat, wat is er met je gebeurd?' Zijn vrouw zuchtte. 'Kom, ik laat het bad voor je vollopen en dan moet je me alles vertellen.'

Ze streelde zijn wang en liep weer naar binnen.

Henry stond nog steeds op dezelfde plek, tussen het tuinhek en de voordeur, en verroerde zich niet. Van hier naar het huis was het maar acht stappen, hoogstens negen, maar hij voelde dat hij dat niet ging redden.

Het internaat

Herinneringen

(2015)

Niet een van ons was hier uit vrije wil. Maar niet een van ons begreep dat hij hier niet uit vrije wil was. We waren zes toen we in het internaat kwamen, te jong om zulke vragen te stellen.

Op het eerste gezicht hadden we niet meer van elkaar kunnen verschillen. Velen waren hier terechtgekomen omdat er thuis financiële of medische problemen waren en de alleenstaande moeder of vader het niet meer redde. Een jongetje kwam uit de 'voormalige DDR', wat dat ook mocht wezen, een ander had een donkere huid en was met zijn familie op de vlucht voor een oorlog. Maar wij kinderen begrepen er hoe dan ook niets van, van die oorlog, die 'voormalige DDR' of de problemen thuis, dus voor ons speelde dat allemaal geen rol. We sliepen met ons zessen in een kamer, dus voor vreemdheid was hoe dan ook geen plek.

Mijn bed stond in de hoek, vlak naast de grote kast. Posters uit *Stafette* en *Bravo Sport* aan de muur, schetsboek en strips op het nachtkastje. Elke ochtend werden we om halfzeven gewekt. Samen tandenpoetsen in de doucheruimte. Het gelach, de luide stemmen, de voorpret voor de komende schooldag. Het was een staatsinternaat, liefdevol maar sober, bij het ontbijt kregen we maar eens in de twee dagen salami en kaas, de andere dagen alleen boter en jam. Net als vroeger bij de Donald Duck-pockets, waar twee pagina's in kleur altijd werden gevolgd door twee in zwart-wit. Ons maakte het niets uit. Een kind ziet niet het afgebrokkelde pleisterwerk op de muur, alleen de automaat die ervoor staat, met de zakjes chocola voor zeventig pfennig.

De zes jongens van onze jaargang werden al snel gezworen kameraden. We hadden allemaal onze eigen rol. De een vertelde 's nachts verhalen of had zich bewezen in vechtpartijen. De ander kreeg pakjes van thuis met snoep dat hij ruimhartig uitdeelde en kon de anderen met hun huiswerk helpen. Een derde bedacht spelletjes en kattenkwaad en kon goed troosten. Het interesseerde niemand waar je vandaan kwam of wie je was, het ging erom wat je deed en wat je kon. Na het middageten speelden we in het bos scènes uit boeken en films na of maakten op het sportveldje goals voor onze favoriete elftallen voordat we voor de 'studietijd' weer naar binnen moesten. Na het huiswerk onder strikte supervisie kregen we avondeten en om een uur of acht gingen we naar bed.

Als de nacht over het terrein van het internaat neerdaalde, vonden we het uitzicht soms griezelig. Dan keken we uit het raam naar het bos dat in het donker verborgen lag en voelden ons bedrukt en eenzaam. De heimwee verdween weer als er een bemoedigende brief van je moeder kwam waarin ze schreef dat het wat beter ging, of een liefdevol pakje van je vader met een nieuwe pyjama, speelgoed en een kaart die je telkens overlas.

Toen we zeven waren, kregen we een nieuwe groepsleidster op wie we heel dol waren. Na een tijdje vroeg ze voorzichtig of er iemand voor het slapengaan een 'welterustenkusje' wilde. Iedereen stak zijn hand op. De leidster liep de hele kamer door, van het ene bed naar het andere. Stiekem lag je te popelen tot ze eindelijk bij je was en als ze je dan een kusje op je voorhoofd gaf, keek je met een verlegen grijns weg. Dat werd ons vaste ritueel, onze versie van *'Goodnight, you princes of Maine, you kings of New England'.*

Als de leidster het licht had uitgedaan veranderde het internaat en wij veranderden mee. Veel jongens die overdag luidruchtig en zelfverzekerd waren, werden ineens kwetsbaar. Andere, stillere kinderen deden dan pas hun mond open en zo kreeg je een heel andere kant van ze te zien. De nacht was van ons. Dat was de tijd waarin we voor het slapengaan naar cassettebandjes luisterden en met elkaar praatten. Waarin we verhalen bedachten, moppen vertelden en soms zo hard moesten lachen dat we er haast in bleven. Waarin de anderen uiteindelijk in slaap vielen en ik meestal nog wakker was, een boek pakte en me daarmee op de wc opsloot tot ik eindelijk moe genoeg was. Waarin soms een van ons huilde, een ander hem troostte en de anderen deden alsof ze al sliepen.

Af en toe kwam er een nieuwe klasgenoot die een bijzonder zwaar lot te dragen had, maar daarover werd bijna altijd gezwegen. Nu kan ik als een middelmatige detective sommige aanwijzingen wel duiden: de blauwe plekken van de een, de nooit schrijvende ouders van de ander, de onbegrijpelijke armoede van een derde. Maar toen kon ik dat nog niet. Als we over thuis vertelden, waren dat altijd de meest fantastische leugens. We hadden allemaal een vader die miljonair was en een villa met zwembad had, we reisden in de vakanties de hele wereld over en waren blijkbaar puur toevallig hier terechtgekomen. De ene jongen die twee keer per jaar met een medewerker van het bureau Jeugdzaken mee mocht om speelgoed te kopen omdat hij niets had, benijdden we om die twee dagen, zonder ons af te vragen wat die betekenden of te beseffen dat wij er zelf beter aan toe waren.

We hielden van de herfst en de winter, als we op Sint-Maarten met zelf geknutselde lantaarntjes rondliepen en daarna een ijsje kregen. Als we op de heuvel met de gebutste sleeën wedstrijdjes deden wie het eerst beneden was. Als we op de 'stille woensdag' in januari warme melk met honing dronken en met een dekentje om ons heen zaten te luisteren terwijl de leidster voorlas

uit *De meester van de zwarte molen* van Otfried Preuß-
ler of uit *Mio, mijn Mio* van Astrid Lindgren. We hielden van de lente en de zomer, als we om het kampvuur
zaten en griezelverhalen bedachten die nooit echt
griezelig waren. Als we in het meer in de buurt gingen
zwemmen en onze leidster later op de gitaar *What
Shall We Do With The Drunken Sailor* speelde. We ver-
stonden geen woord van de tekst, maar zongen altijd
uit volle borst mee.

We kwamen in de derde klas en begonnen belangstelling voor de meisjes te krijgen, die in een andere vleugel van het gebouw woonden. Ook zij hadden hun geschiedenis, maar die kenden we nog niet, wat hen des
te spannender maakte. Er werden eerste kussen gewisseld, die al snel hét onderwerp van gesprek werden, en
liefdesbriefjes waarop je 'ja', 'nee' of 'misschien' kon
aankruisen. Ik kruiste bijna altijd 'misschien' aan. Het
internaat hoorde bij een school tot en met klas negen,
waarvan de oudste leerlingen op het terrein, die van de
negende, al bijna eindexamen moesten doen. Ze leken
ons zo volwassen en gerijpt, en als ze het over hun toekomstige, meestal ambachtelijke, beroep hadden, be-
wonderden we hen enorm.

We deden vaak afschuwelijk tegen elkaar. We kenden de zwakke plekken van de anderen, de geheime
kwetsbaarheden, en soms werd het ons te veel en vielen we elkaar aan. Het internaat was een plek zonder

ouders, dus er waren bepaalde regels en het was belangrijk dat je van je af kon bijten. Nooit in mijn leven heb ik vaker gevochten of me onbezonnener op iemand gestort om hem tegen de grond te werken dan toen. We maakten elkaar aan het huilen, brachten elkaar tot razernij en konden al een paar uur later weer samen door één deur. We konden zo ver gaan omdat we wisten dat we elkaar nooit helemaal kwijt zouden raken. Net als kinderen uit hetzelfde gezin. De ouderen zorgden voor de jongeren en niemand werd in de steek gelaten.

Wij waren anders dan de kinderen die bij hun ouders woonden en met wie we overdag op school zaten. Soms sloten we wel vriendschap met ze, maar het ging nooit te diep, want wij begrepen hen niet en zij ons niet. Die andere kinderen gingen na school altijd naar huis terug en wij gingen naar onze gemeenschappelijke kamer.

De weekends waren het mooist. De weekends waarin je eindelijk naar huis mocht en daar verwend werd. En waarna je toch altijd weer terug moest naar het internaat en onderweg bedrukt naar buiten keek, naar het landschap dat in het donker verdween. En de weekends waarin je met de andere kinderen op het internaat bleef, 's avonds naar een Disney-film mocht kijken en tussen de middag vaak friet met kipnuggets kreeg. Weliswaar zelfgemaakte kipnuggets, maar toch. Soms maakten we uitstapjes: naar de kerstmarkt, naar een volksfeest of naar de bioscoop, en dan gingen ook de meisjes mee, wat bij ons altijd voor veel beroering zorgde. In werkelijkheid was het internaat voor ons allang ons thuis geworden. In stilte hielden we ervan en ik geloof dat we allemaal het gevoel hadden dat het eeuwig zo zou blijven.

Op een gegeven moment scheidden onze wegen. Dat gebeurde heel plotseling, want daarvoor hadden we daar nooit echt over nagedacht. De een ging naar het gymnasium, de ander naar een ander internaat, weer anderen naar een scholengemeenschap of een praktische opleiding, maar we kwamen hoe dan ook allemaal ergens anders terecht, ver bij elkaar vandaan. Vier jaar lang waren we vrijwel elke dag en elke nacht samen geweest, we kenden elkaar beter dan wie ook en hadden gezworen altijd vrienden te blijven. Maar we hebben elkaar daarna nooit meer gezien.

We waren nog te jong om vriendschappen te kunnen onderhouden. Toch denk ik nog vaak aan de anderen. Aan hun geschiedenis, hun eigenaardigheden, hun gezichten en hun plaats in onze gemeenschappelijke kamer. Onze nachtelijke gesprekken als het internaat alleen van ons leek te zijn. Op die momenten hadden we het gevoel dat we gelukkig waren.

De muze

(2010)

Die winter sliep Margo slecht. De nachten in het onverwarmde appartement waren koud en ze werd vaak al wakker voordat het licht werd; dan zette ze koffie en begon aan haar roman te werken. Ze had nog een halfjaar voor de deadline en ze had tegen haar redactrice gezegd dat ze bijna klaar was.

Helaas was dat een leugen.

Haar droom: het manuscript voltooien en dan naar Schotland vertrekken om bij te komen; als kind had ze al van de Highlands gedroomd. De werkelijkheid: dag en nacht voor het blanco scherm zitten zonder dat de inspiratie wilde komen. Ze begon het gevoel te krijgen dat ze in een auto zat die ook na de honderdste poging niet wilde starten. Haar roman moest een liefdesgeschiedenis worden, maar haar eigen relaties waren allemaal in een teleurstelling geëindigd. Ze was de liefde gaan zien als een kaal, slecht verlicht vertrek met een paar mannen erin aan wie ze liever niet meer dacht.

Ben je nog dezelfde? tikte ze.

De cursor knipperde, maar ze wist niet hoe het verder moest. Na twee weinig succesvolle boeken had ze een doorbraak nodig. Erover praten kon ze met niemand; echte vrienden had ze nauwelijks, ze had van jongs af aan haar tijd liever aan haar teksten besteed. Maar zo kwam ze niet dichter bij de Schotse kust en ze had al heel lang niets meer van haar uitgever gehoord. Zo ging de winter voorbij.

In februari was het afgelopen. Ze was blut, de aanmaningen stapelden zich op, ze was voortdurend moe en er kwam geen zin meer uit haar vingers. *Alleen ongelukkige kunstenaars zijn goede kunstenaars*, zeiden ze, maar Margo wist dat dat niet klopte: nooit zou ze die ene reddende inval krijgen. Tegenover anderen hield ze zich graag groot, maar een paar keer had ze van eenzaamheid en wanhoop als een kind gehuild. Al had tenminste niemand dat gezien.

Nu lag ze in bed. Ze sliep onrustig. In haar droom lag de wereld voor haar open, maar toch ging ze nooit de deur uit en tobde ze alleen maar over haar geldzorgen, haar writer's block en de denigrerende opmerking van een kennis over de situatie met haar werk. Het was om te...

Abrupt werd ze wakker.

Even dacht ze dat haar onderbewuste haar uit haar nachtmerrie had gekatapulteerd, maar toen proefde ze iets zoets op haar lippen. Ze deed haar ogen open en zag de regelmatige gelaatstrekken van een man. Hij had donkerblauw haar en whiskykleurige ogen en hij droeg een ouderwets zwart overhemd.

Volkomen ontspannen zat hij op de rand van haar bed. Het drong tot haar door dat hij haar in haar slaap moest hebben gekust, maar hij keek haar alleen maar aan. Ze had geschrokken moeten zijn, ze had verdomme woedend moeten zijn, maar dat was ze niet.

'Wie ben jij?' vroeg ze alleen.

De man schrok. 'Je ziet me.'

Hij stond op en snelde naar het raam.

'Wacht!' Ze sprong op en rende achter hem aan, maar hij was al in de nacht verdwenen.

Ze keek naar buiten, naar de lege straat. Ze gaapte en krabde zich achter de oren. Waarschijnlijk had ze het zich allemaal maar verbeeld en was ze gewoon overspannen. Er woei een ijzige lucht de kamer in, dus ze deed het raam dicht en ging weer slapen. Maar nu droomde ze niet over haar zorgen, maar over de mysterieuze man met het blauwe haar. En toen ze de volgende ochtend wakker werd, sprong ze uit bed en ging achter de computer zitten.

Ze begon meteen te schrijven: *Ben je nog dezelfde? Je denkt aan vroeger, aan de velden achter het huis en aan de korenaren die wuifden in de wind. Aan je vingers die zich kromden, je handen die zich tot vuisten balden, je verbazing over de kracht die je in je had. Aan het avondeten met je ouders, de kamer die zich vulde met hun zwijgen en je angst dat je van de verkeerde mensen hield. Aan handen*

die zich teder om je hoofd heen sloten, aan seks, aan een
spontaan dronken wedstrijdje 's nachts op straat en het
gelach daarna, aan keihard meezingen bij een concert,
met je ogen dicht. Het kortstondige gevoel van onoverwin-
nelijkheid. Je denkt aan onheilspellende blikken, dichtge-
smeten deuren, relatiebreuken. En aan de keren dat je
door het land reed en de zonnestralen zag die op het water
braken, of 's nachts op het dak van een huis stond, vol woe-
de, maar ook zo wákker. Dat je je ogen dichtdeed en je
hand op de koude balustrade legde, en je hart klopte en
klopte... Ben je nog dezelfde?

Ze staarde even naar de zinnen en schreef door. Koffie had ze niet nodig.

Hij was geschrokken. Had ze hem echt gezien? Daar leek het wel op. Maar aan de andere kant: dat kon helemaal niet. Hij deed dit werk nu al zo lang en zoiets was hem nog nooit overkomen. Maar hij had ook nog nooit iemand zo gekust. Hij had te doen met die sierlijke, mooie, soms haast breekbare vrouw met het donkere haar. Margo Brodie, negenentwintig, dromerig, bevlogen, dapper, maar zonder briljante ideeën. Ze deed zo haar best en ze had genoeg pijn en verdriet in zich, maar daar kon ze al schrijvend niet bij komen. En nu zat ze daar met al die roemloos op de klippen gelopen relaties ook nog uitgerekend een *liefdesverhaal* te schrijven, haar Waterloo.

Toen hij opdracht had gekregen haar te helpen – orders van hogerhand – was hij niet erg enthousiast geweest: zeker weer zo'n zelfingenomen kunstenares. Hij had eerst willen weten of het haar menens was en hij had haar in haar eenzaamheid zien worstelen. Nacht na nacht had hij haar bezocht, hij was door het raam naar binnen gevlogen en had haar dromen gezien. Vage beelden van angsten, een begrafenis, het verraad van degene die ooit haar beste vriendin was; soms had hij in haar slaap zelfs haar haar gestreeld.

Normaal gesproken kuste hij de uitverkorenen alleen op het voorhoofd, zo deden ze het allemaal. Anders kwamen er maar praatjes van. Maar gisteren was er ineens iets in hem gevaren. Misschien was het medelijden omdat ze had gehuild. Maar misschien voelde hij ook wel wat te veel voor deze jonge vrouw, wie het geluk zo vreemd was dat ze er niet eens meer van droomde. Hij had haar op de mond gekust. Heel zachtjes, niet meer dan een zucht, maar ze was er toch wakker van geworden. Daarmee had ze waarschijnlijk de onzichtbaarheidsbetovering uitgeschakeld.

Eigenlijk had hij nog een middernachtelijke afspraak met een onfortuinlijke schilder aan de rand van de stad, maar hij moest nog een laatste keer naar haar toe, hij moest het precies weten. En hij wilde haar zien.

Margo was onrustig. Ze zat al de hele dag aan haar roman te werken, at niets, dronk nauwelijks iets en schreef maar door. Het leek wel alsof er een sluis in haar hoofd open was gegaan en er een stortvloed aan ideeën door haar heen kolkte. Hoe was het mogelijk dat ze zich ineens dingen uit haar kinderjaren herinnerde die ze allang vergeten dacht te zijn en gevoelens kon uitdrukken die ze zelf nooit had gehad? Soms kreeg ze onder het schrijven tranen in haar ogen, want ze wist dat dit het mooiste werd wat ze ooit had gemaakt. En het hield maar niet op. De ene geniale inval lokte de volgende uit en de hele tijd had ze het gevoel dat *hij* daarvoor verantwoordelijk was. Er ging geen moment voorbij zonder dat ze zijn gezicht voor zich zag, zijn blauwe haar en zijn bleke huid.

Het was diep in de nacht toen ze eindelijk in bed plofte, ten prooi aan de loodzware, weldadige moeheid van iemand die iets belangrijks tot stand had gebracht. Ineens voelde ze een tochtvlaag en ze knipperde met haar ogen. Op de rand van haar bed zat de man met het blauwe haar.

Ze ging rechtop zitten.

'Je ziet me,' zei hij weer.

Zijn stem! 'Ik...' Even kreeg ze geen lucht. Ze schraapte haar keel. 'Ik heb van je gedroomd... ik moest de hele dag aan je denken.'

'Ik ook aan jou, Margo Brodie.'

'Je weet hoe ik heet?'

'Ik kén je.' Hij keek haar aan alsof hij een zin in een boek onderstreepte. Hij was niet alleen... nou ja, nogal aantrekkelijk, maar hij kon ook glimlachen zonder te glimlachen. 'Ik hoor hier helemaal niet te zijn,' zei hij ten slotte. 'Ik moet weg.'

Maar hij ging niet.

Ze wilde weten wie of wat hij was, en uiteindelijk luidde haar eerste vraag: 'Zijn muzen dan niet vrouwelijk?'

Hij haalde alleen zijn schouders op en glimlachte weer, en ze bedacht geërgerd: Die vraag werd hem natuurlijk vaak gesteld.

Weer keken ze elkaar aan. Eindeloos. Toen de spanning eindelijk werd doorbroken en ze elkaar kusten, gebeurde alles tegelijk: Margo stond als oude vrouw in het holst van de nacht op een open plek in het bos en zat op hetzelfde moment als klein meisje in een maankrater naar het heelal te staren, ze lachte en struikelde, schreeuwde en zweeg, voelde angst en zelfvertrouwen.

'Dit is...' wilde ze zeggen, maar toen viel ze tegen hem aan.

Nu begon de mooiste tijd van haar leven. Een kus van de muze doet al wonderen, maar met de muze naar bed gaan maakt van een doorsneemens een genie. Niet alleen beleefde Margo de liefde, maar ze kon die ook eindelijk beschrijven, vastpinnen, bezitten. De roman schreef zichzelf.

Overdag moest hij terug naar zijn rijk, maar als de nacht aanbrak kwam hij weer naar haar toe. In het begin bleef hij maar even, daarna steeds langer. Hij was nooit zoals de andere muzen geweest en zij nooit zoals de andere mensen. Het viel hem steeds zwaarder afscheid van haar te nemen. En wat had hij er genoeg van dat hij alleen maar een geest was. Hij mocht dan onsterfelijk zijn, maar echt geleefd had hij nooit.

Het liefst keek hij toe terwijl ze at. Margo was in een gezin met drie broers opgegroeid en als ze zich onbespied waande, at ze gulzig en hij benijdde haar het genot dat ze daaraan beleefde. Alleen alcohol deed haar niets, ze dronk hoogstens af en toe een glas wijn. Toen hij opmerkte dat ze in dat opzicht wel sterk van veel andere kunstenaars verschilde, haalde ze haar schouders op.

'Schrijven is mijn drinken.'

Hij glimlachte. 'Daarmee kun je je tenminste niet te gronde richten.'

'Dat is een boude bewering.' Zij glimlachte nu ook en trok hem tegen zich aan, met een luchtige speelsheid die haarzelf verraste.

Af en toe vroeg ze naar zijn achtergrond. Eerst zweeg hij hardnekkig, maar geleidelijk vertelde hij steeds meer over zijn eeuwenlange werk en over alle kunstenaars en genieën die hij wakker had gekust. Eigenlijk mocht hij die geheimen niet doorvertellen, maar haar wilde hij het wel toevertrouwen.

En op een dag besloot hij bij de ochtendschemering niet meer naar het rijk der muzen terug te gaan, maar

50

voorgoed bij haar te blijven. Na die beslissing kon hij niet meer terug, hij had zijn onsterfelijkheid opgegeven, maar dat vertelde hij haar niet.

Ze woonden samen in haar appartement, dat klein was, maar liefdevol ingericht. Margo bloeide op; pas nu drong tot haar door hoe eenzaam ze tot dan toe was geweest. Ze hield van zijn oprechtheid, corrigeerde hem geamuseerd als zijn taalgebruik te ouderwets was, en terwijl ze vroeger van kant-en-klaarmaaltijden had geleefd, leerden ze nu samen koken. Muzen hoeven weliswaar niet te eten, maar hij vond het leuk; hij kreeg honger omdat hij dat *wilde*. Ze liet hem ook films en boeken zien die haar inspireerden en draaide muziek voor hem die iets voor haar betekende. Vroeger had hij dat alles koel bekeken en zich alleen afgevraagd welke collega's er achter dat nummer of die tekst hadden gezeten. Nu dompelde hij zich onder in de kunst. Hij voelde zich niet meer alleen een geest en dat had hij aan haar te danken.

Voor andere mensen bleef hij onzichtbaar, maar er was een restaurant waar je in het donker kon eten. Daar gingen ze vaak naartoe, want daar viel het niemand op dat zijn stem uit het niets leek te komen. Ze koesterden hun geheim. Een doodenkele keer dacht hij nog aan zijn besluit en aan alles wat hij voor haar had opgegeven. Maar hij was bereid samen met haar oud te worden.

De roman was inmiddels bijna klaar. Het enige wat er nog aan ontbrak was de grootse finale, maar die kwam vanzelf. *Margo Brodie, een groot schrijfster.* Tot voor kort had ze dat zelf een belachelijk idee gevonden, maar binnenkort zou de hele wereld haar zo zien. Ze dacht terug aan de tijd dat ze als meisje op de schrijfmachine van haar jonggestorven vader haar eerste verhaaltjes had getikt; enthousiast stuurde ze haar onvoltooide manuscript naar haar uitgever om haar redactrice gerust te stellen.

Toen viel zijn hand haar op.

Ze lagen in bed en zij streelde zijn vingers. 'Wat gek,' mompelde ze, 'van hieruit gezien lijkt je hand een beetje doorzichtig.'

Geschrokken ging hij rechtop zitten. Het was waar, zijn hand leek een tikje doorzichtig. Natuurlijk. Hij had het geweten, zijn collega's hadden hem gewaarschuwd: *Laat je nooit in met stervelingen, met kunstenaars. Ze zuigen je alleen maar leeg!* Hij kende verhalen over muzen die voorgoed waren verdwenen, maar hij had gehoopt dat hem dat niet zou overkomen. Niet met haar, nooit.

Hij moest het zeggen.

'Margo Brodie...' Zijn zachte, lichtbruine ogen keken haar strak aan. 'Je moet kiezen.'

'Waartussen?' vroeg ze onschuldig.

'Tussen mij en je boek.'

Hij stond op en liep door de kamer. 'We hebben een

grens overschreden en daarvoor was ik al gewaarschuwd,' zei hij op zijn wat pathetische manier, die ze stiekem vertederend vond. 'Als een muze een mens kust, verliest die een deel van zichzelf. Daarom moeten we elke dag terug naar ons rijk, naar de bron van de creativiteit. Als we dat niet doen, lossen we langzaam op. Ik heb voor jou, en dus voor de sterfelijkheid gekozen. Ik had gedacht dat we meer tijd zouden hebben, maar blijkbaar...'

Hij keek haar aan en kon het haast niet zeggen. '*Margo*,' zei hij. 'Voor elk woord, elke gedachte die je opschrijft, verdwijnt een deel van mij in je boek. Totdat ik er helemaal niet meer ben. Je moet kiezen. Je roman of ik.'

Hij keek naar de grond. Hij was eeuwenoud, maar ineens leek hij een jongetje. Hij had zichzelf vaak voorgehouden dat zij anders was dan al die kunstenaars voor wie zijn collega's hem hadden gewaarschuwd. Maar was dat wel zo? Had hij haar niet te snel vertrouwd en had niet elke kunstenaarsziel iets onverbiddelijks, iets ijskouds, hoe fijngevoelig de persoon ook leek? Hij was tenslotte maar een geest en zij een echt mens, ze zou hem teleurstellen, ze zou...

Hij voelde een hand tegen zijn wang.

'Dat meen je toch niet? Die roman kan me wat!'

Het was haar liefdevolle blik die hem uiteindelijk geruststelde.

De weken daarop bleef Margo resoluut bij haar besluit. Haar boek bleef liggen, al kwam de deadline steeds dichterbij. De mails van haar redactrice liet ze onbeantwoord en dat voelde goed. Ze had voor de liefde en tegen de kunst gekozen.

Ze genoten nog steeds van alles wat ze samen deden, ze gingen naar het restaurant waar het donker was en ze zich een echt stel konden voelen, en waar hij zich vroeger nog wat onbeholpen gedroeg, als een echte geest, begon hij nu steeds meer op een mens te lijken. Hij vond het heerlijk om met haar te schaken, ontwikkelde een grote hartstocht voor citroenijs en als hij lachte, verschenen er rimpeltjes in zijn neus, wat zij elke keer weer aandoenlijk vond.

Toen ging op een dag de telefoon. De muze sliep, dus nam Margo het toestel mee naar de keuken.

'Daar is ze dan eindelijk!' riep een diepe mannenstem die ze al heel lang niet meer had gehoord aan de andere kant. 'We dachten al dat je van de aardbodem was verdwenen.'

'Wacht...' begon Margo, maar ze werd meteen onderbroken.

'Jouw boek wordt mijn toptitel,' ging haar uitgever verder. 'Dat wilde ik je persoonlijk vertellen. Iedereen hier vindt het geweldig, ze zeggen allemaal dat ze in geen jaren zo'n goed verhaal hebben gelezen. En het slot moet nog komen, ze kunnen haast niet wachten. Onze agent voor de buitenlandse rechten heeft een leesexemplaar verstuurd en we hebben nog nooit zo snel zoveel reacties gekregen, sommige uitgevers meldden zich nog dezelfde dag. In zeventien talen, Margo. In zeventien landen hebben we het al verkocht en dit is nog maar het begin. Je gelooft niet hoe de...'

'Ik trek mijn roman terug,' viel Margo hem zacht in de rede.

Korte stilte aan de andere kant. Dan gelach.

'Haha, goeie. Nee, ik wilde je alleen...'

'Het is geen grap. Ik trek de roman terug. Ik schrijf geen woord meer.'

Zo praatten ze een tijdje heen en weer, maar ze bleef onvermurwbaar en op een gegeven moment begreep de uitgever dat zijn geschifte auteur het meende. Het was haar bittere ernst.

Een lange zucht. 'Goed dan. Honderdduizend. Nu meteen.'

'Nee, ik...'

'Twee ton.'

Margo keek om zich heen, in haar kleine appartementje. Ze had een voorschot van vierduizend gekregen en dat was allang op. Nooit in haar leven had iemand haar zoveel geld aangeboden. Ze liep tegen de dertig en ze bezat niets. Maar ze had ook niets nodig, dacht ze meteen; ze had hém toch.

'Nee,' zei ze weer.

'Drie ton.'

'Hou op.'

'Doe niet zo dom, Margo. Deze roman wordt je wereldwijde doorbraak, je wordt rijk en beroemd. Wat heb je toch ineens? Wil je...'

'Wil je me niet meer bellen?'

Ze hing op. Pas nu merkte ze dat ze trilde.

Ze liep naar haar bed en keek naar de muze. Ze had nog nooit iemand gezien die zo rustig en vast sliep. Zijn blauwe haar viel over zijn linkeroog, het rechter was vredig gesloten. Ze streelde zijn wangen.

'Wie was dat?' mompelde hij slaperig.

'O, niemand,' zei ze.

De dagen daarna probeerde de uitgeverij haar herhaaldelijk te bereiken, maar Margo reageerde niet op de mails en nam de telefoon niet op. Ze had haar besluit genomen: liever gelukkig zijn met hem en zonder roman dan ongelukkig zijn en een gevierd schrijfster worden. Dat was het probleem niet.

Het probleem was het verhaal zelf.

Ze wist inmiddels hoe het verderging, ze had al een slot in haar hoofd. Maar zolang ze dat niet opschreef was dat maar een bewering waarvoor in de echte wereld geen bewijs bestond. Ze voelde een bijna lichamelijke behoefte om die laatste paar pagina's te tikken en eindelijk zwart-op-wit te zien wat ze vaag en onuitgesproken allang voelde: de honger die alleen met het geschreven woord te stillen was. En misschien kon ze het met zo weinig woorden schrijven dat de muze niet hoefde te verdwijnen, misschien lukte haar dat. En dan had ze hem én haar roman.

Maar nee, dat kon ze hem niet aandoen, dat was te gevaarlijk.

De muze hield nog meer van Margo sinds ze hem ten langen leste had bekend hoe ze de uitgever had afgepoeierd. Zijn collega's vergisten zich. Er bestonden wel degelijk kunstenaars die de verleiding konden weerstaan. Mensen waren niet allemaal hetzelfde. Bovendien leek Margo hem de laatste tijd extra toegewijd. Ze kocht een jasje voor hem dat hem goed stond, haalde vaak citroenijs bij het tankstation en maakte een bevrijde indruk nu ze haar besluit had genomen. Ze leek in niets meer op de wanhopige, eenzame vrouw die hij ooit had gekust.

Ze praatte enthousiast over Schotland en zei dat ze een baantje zou zoeken, zodat ze daar binnenkort naartoe konden. Blij ging hij op zoek naar mooie musea in Glasgow die hij haar wilde laten zien en ontdekte dat ook daar een restaurant was waar je in het donker kon eten.

Dat wilde hij haar net vertellen toen hem opviel dat zijn hand niet meer een klein beetje doorzichtig was, maar duidelijk was vervaagd.

Hij liet het aan Margo zien, maar die schudde haar hoofd.

'Onzin.' Energiek blies ze een lok haar uit haar gezicht. 'Jouw hand ziet er nog precies zo uit als een paar weken geleden.'

'Weet je het zeker?' vroeg hij.

Ze knikte.

'Weet je het écht zeker?' drong hij aan.

Opnieuw knikte ze. Hij keek haar lang aan, maar ze doorstond zijn blik.

Een paar dagen lang probeerde hij haar te geloven. Maar zo diep als hij tot nu toe had geslapen, zo onrustig werd hij nu. En toen, op een nacht, hoorde hij een geluid dat hij vroeger zo mooi vond en dat nu zijn einde betekende:

Tikken op een toetsenbord.

Hij had niet veel tijd meer. Hij sprong op en liep naar de andere kamer, waar ze op de toetsen zat te rammen, en met elke zin die ze schreef verdween een klein stukje van hem voorgoed in haar tekst.

'Margo,' mompelde hij.

Ze had zich verzet, maar het verlangen om tenminste één keer succes te hebben had zich ondanks haar goede voornemens in haar hoofd verankerd en een innerlijke kracht trok haar naar haar bureau, dezelfde kracht die er vroeger voor had gezorgd dat ze afspraken met vrienden liet lopen of niet eens maakte. Waren al die eenzame nachten, maanden, jaren dan voor niets geweest? En nog meer werd ze gekweld door de gedachte dat ze haar verhaal nooit zou afmaken. Ze móést haar roman gewoon voltooien. Met zo weinig mogelijk woorden.

Nacht na nacht was ze uit bed geslopen om te werken. Eerst had ze zich nog ingehouden, heel zachtjes getypt en over elke zin lang nagedacht. Maar de ideeën bleven stromen, en zo schreef ze zich in een roes en vergat de echte wereld.

En ze vergat vooral hém.

Die nacht zou de roman klaar zijn. Haar vingers vlogen over de toetsen en regen de woorden aaneen, en het waren altijd precies de juiste. Ze was op de laatste pagina. Er bestond niets anders meer dan zij en de tekst. Ze ging steeds sneller schrijven en trilde van geluk.

Nog één alinea.

Toen de laatste zin.

Ze was er. Ze was er eindelijk.

Op dat moment zag ze hem. Hij stond in de deuropening en zag lijkbleek. Hij liep naar haar toe: 'Margo...'

Hij was bijna bij haar en de aanblik die hij bood brak haar hart. Ze raakte hem kwijt...

... en toch schreef ze door.

Wanhopig stak hij zijn hand naar haar uit. 'Maar ik hou van...'

Op dat moment schreef ze het laatste woord en was hij voorgoed verdwenen.

Margo keek naar de plek waar hij daarnet nog had gestaan. Toen naar haar computer. De tekst was klaar en op dat moment liet de ijzeren greep in haar binnenste los waarin de roman haar jarenlang had vastgehouden. Ze liep door het appartement, dat ineens verschrikkelijk leeg aanvoelde, en liet zich op haar bed vallen. En toen eindelijk tot haar doordrong wat ze had gedaan, begon ze te huilen.

De roman werd een succes, maar het deed haar niets. De lofzangen in de kranten, het geld, de roem, de ontmoetingen met schrijvers die ze vroeger had bewonderd en die haar nu als hun gelijke beschouwden, het raakte haar niet. Niets deed haar echt plezier, ook niet de langverbeide reis naar de Schotse Hooglanden. Ze had niets aan haar roem.

Maar... Waarom had ze het dan gedaan?

Waarom had ze in de jaren daarvoor nauwelijks tijd voor een relatie gehad en waarom had ze nu de grootste liefde van haar leven verraden? Alleen voor de vluchtige roes van het voltooien van een boek, het scheppen van een wereld waaruit ze zichzelf voorgoed had verbannen?

Tijdens de aansluitende lezingentournee dacht ze vaak aan de muze en hun tijd samen in haar appartement; het liefst had ze de roman voor hem ingewisseld. Ze kon het aan niemand vertellen, want niemand zou haar geloven en er was nergens bewijs voor zijn bestaan, alleen in haar herinnering. Ja, ze zou over hem kunnen schrijven, maar dat zou pas echt een aanfluiting zijn. Moest ze haar geluk dan altijd in een fictieve wereld zoeken en nooit in de echte?

Die gedachte achtervolgde haar en toen ze na een lezing weer eens verloren tussen de organisatoren en de gasten in de foyer stond, begreep ze dat zijzelf ook niet meer was dan een geest. En dat ook zijzelf met elke zin die ze schreef steeds meer in haar verhalen zou verdwijnen.

Bij een prijsuitreiking kwam ze haar uitgever tegen. Ze dronken samen wat en hieven het glas op het succes van de roman. Haar hoofd stond niet naar feesten, maar ze had ook geen zin om naar haar hotel te gaan. Om middernacht was het nog enorm druk aan de bar, maar een paar uur later waren zij de enigen. Margo besloot haar uitgever over de muze te vertellen.

Ze vertelde alles, zonder iets weg te laten, de hele droeve, krankzinnige waarheid. Ze had hem verraden voor haar boek, ze verdiende haar succes niet.

Dit was wel het ongelooflijkste verhaal dat ze ooit aan iemand had verteld, maar na haar biecht voelde ze zich wel een stuk beter. Bijna opgelucht keek ze haar oude uitgever aan in afwachting van zijn definitieve veroordeling. Of anders tenminste de bevestiging dat ze gek was.

Maar tot haar verbazing begon hij te lachen. 'Maar Margo...' zei hij toen, 'dat is toch het oudste verhaal ter wereld.'

'Hoe bedoel je?'

'Ach kom, ik heb in al die jaren zoveel schrijvers begeleid en die hebben me bijna allemaal net zoiets verteld als jij nu. Tja, je moet nu eenmaal kiezen. Voor de liefde of voor de kunst. En mijn auteurs hebben voor de kunst gekozen. Jij hebt ook die weg gekozen, lieve kind, daarom zitten we hier nu.' Op de bar lag de oorkonde van de prijs. De uitgever glimlachte: 'Al moet ik wel zeggen dat ik je metafoor heel mooi vind.'

Margo keek hem sprakeloos aan, maar dat viel haar uitgever niet op. Hij bestelde een laatste ronde – een rode wijn die naar verluidde buitengewoon goed was.

Het klinken van twee glazen.

'Op de kunst,' zei de uitgever.

'Op de kunst,' mompelde Margo en ze nam een slok. Ze moest toegeven dat de wijn elke cent waard was: hij smaakte uitstekend. Alleen was de afdronk misschien een tikje bitter.

Pingpong

(2008)

Toen ik wakker werd, voelde ik meteen dat ik hier nog lang zou blijven. Ik knipperde een paar keer met mijn ogen voordat ik ze echt opendeed en de enige twee dingen zag die in mijn leven voortaan een rol zouden spelen: de jongeman met het dikke zwarte haar die op de linoleumvloer lag te slapen en, midden in het vertrek, een gladde donkergroene tafeltennistafel.

Ik ging rechtop zitten. Mijn blik viel op de stalen wc-pot in de hoek en ik werd door een lichte misselijkheid bevangen, waarschijnlijk door de verdoving. Ik probeerde me te herinneren hoe ik hier terecht was gekomen, maar alle beelden in mijn hoofd waren vervaagd: *Ik stond in de rij voor de kassa. Ik kocht een lootje voor de lotto. Ging weer naar huis. Zette de klassieke zender op. Keek naar een brief...* Vanaf dat moment wist ik niets meer. Ik was in deze kamer wakker geworden zonder te kunnen verklaren waarom ik hier was.

De man met het zwarte haar vertelde ook zoiets toen hij kort na mij bijkwam: hij was op een feestje bij vrienden geweest, was naar buiten gegaan om te roken en wist vanaf dat moment niets meer. En nu was hij hier.

Hij heette Terrence, studeerde geneeskunde en kwam uit het noorden van Engeland. Hij was een paar jonger dan ik en, het moet gezegd, op een grove manier knap.

Het klinkt misschien vreemd, maar in het begin waren we geen van tweeën erg bang, misschien omdat we geen familie hadden. Mijn ouders waren niet meer in leven en hij had nauwelijks contact met de zijne, we waren allebei niet getrouwd en hadden geen kinderen. We hadden geen van beiden iemand van wie we hielden en niemand hield van ons. We vroegen ons natuurlijk wel af wie ons hierheen had gebracht of waarom, maar we vonden geen enkel aanknopingspunt. Rijk waren we ook al niet en niets wees op terroristische motieven.

Niemand zei iets tegen ons.

Er was wel een deur, maar die bleef op slot. Terrence beukte er een tijdje op, hij schreeuwde en smeekte zelfs, maar gaf het toen op. We hadden honger, maar in het kale vertrek was helemaal niets, afgezien van de wc in de hoek, de tennistafel, twee batjes en een wit balletje. Terrence pakte een batje op, maar legde het al snel weer neer en kwam naast mij tegen de muur zitten. Het zou té vreemd zijn geweest om ondanks onze onwetendheid en onbehaaglijkheid gewoon te gaan spelen.

We praatten wat en vertelden voorzichtig iets over onszelf. Terrence was sportief, maar ook op een kinderlijke manier goedmoedig, als een te groot, te sterk jongetje. Ik vond hem sympathiek en ik geloof dat hij mij ook wel aardig vond. Op een gegeven moment kwam het gesprek op relaties en vrouwen. Terrence biechtte op dat zijn vriendin – een jonge afdelingsarts die hem in elk opzicht de baas was en bovendien aan MMA deed – hem kort daarvoor had bedrogen en gedumpt. De breuk leek aan hem te vreten, temeer omdat ze hem het gevoel had gegeven dat hij niet goed genoeg was. Ik probeerde hem wat op te vrolijken met anekdotes over dingen die ikzelf had beleefd en een keer moesten we zelfs lachen, maar toen was het weer stil. Uiteindelijk moest Terrence als eerste naar de wc en ik keek gegeneerd weg.

Er verstreken uren en wij hoopten dat er iemand binnen zou komen om met ons te praten, zodat we tenminste wisten waarom we hierheen waren gebracht, maar de deur bleef dicht. Terrence dommelde in, ik bleef wakker. We wisten niet hoe laat het was, ze hadden onze telefoon en ons horloge afgepakt. We praatten nog wat, maar op een gegeven moment was voorlopig alles gezegd. Ik ben van huis uit niet de spraakzaamste en Terrence ook niet. Zwijgend staarden we naar de tennistafel en de stilte was haast niet te harden.

In het begin maakten we nog grappen: we waren hier gebracht om te tafeltennissen. Maar al snel werd duidelijk dat het misschien wel echt zo was. Vanwaar anders die grote wedstrijdtafel? Hij stond midden in de kamer, als een provocatie. Hij ging in ons hoofd zitten en bepaalde onze gedachten. En uiteindelijk – ik zal het moment nooit vergeten – speelden we onze eerste partij.

In het begin zochten we alleen maar afleiding. Terrence zei dat hij tot een paar jaar geleden intensief had getraind, ik was een beginneling. Misschien had ik als kind weleens een balletje geslagen, maar daarna nooit meer. Terrence serveerde. Ik dook in elkaar bij het onverwacht harde, holle geluid waarmee de bal van het batje afketste.

Mijn return leek nergens op, de bal vloog in een hoge boog door de kamer, stuiterde nog een paar keer en rolde toen naar de hoek. Ik raapte hem op en we gingen door. Deze keer serveerde ik. Ik maakte veel fouten, maar merkte wel dat ik langzaam beter werd. Na een reeks vergeefse pogingen sloeg ik de bal al een paar keer terug voordat Terrence me inmaakte.

Na een tijd speelden we onze eerste echte wedstrijd. Hij won natuurlijk, met eenentwintig tegen drie. Uitgeput gingen we tegen de muur aan zitten. We hadden ongelooflijk veel plezier gehad, en het belangrijkste: het was afleiding. Toen ik later ook naar de wc moest, keek Terrence beleefd naar de grond. Maar ik was nog maar net klaar of hij keek me alweer grijnzend aan met het witte balletje in zijn hand. We begonnen opnieuw.

Er moesten dagen voorbij zijn gegaan, maar dat ontging ons volkomen, want de kamer was raamloos, de plafondlamp brandde altijd en af en toe hoorden we de airco zoemen. We sliepen onregelmatig en raakten ons hele tijdgevoel kwijt. We hoefden geen honger te lijden. Ik weet niet hoe ze het deden, maar altijd als we wakker werden als we lang hadden geslapen, stonden er twee borden met eten klaar met een paar flesjes water erbij. Het besef dat er achter die deur iemand was die ons blijkbaar observeerde en in leven wilde houden, bemoedigde ons en gaf ons hoop.

In die tijd hadden Terrence en ik het gevoel dat we elkaar na stonden. We speelden veel wedstrijden en voerden tussendoor lange gesprekken. In onze wanhoop vertelden we elkaar zelfs onze intiemste gedachten en herinneringen en ontwikkelden allerlei theorieën over de politiek en de liefde waarvan veel me tegenwoordig nogal warrig voorkomen. En als we uitgerust waren, speelden we weer.

We wisten vrijwel zeker dat er ergens camera's in het plafond zaten, maar dat was te hoog om het te kunnen controleren. Er werd nog steeds niet op ons roepen en kloppen gereageerd, niemand zei iets tegen ons, maar er werden ook geen eisen aan ons gesteld. Soms probeerden we op ons bord in de etensresten berichtjes of vragen te schrijven, maar we kregen nooit antwoord. De stilte begon ons steeds meer te beklemmen en bij ons naar binnen te kronkelen; het werd de reden voor al ons doen en laten, alsof we op een hete plaat stonden en voortdurend in beweging moesten blijven. Zonder tafeltennis zouden we gek zijn geworden van eenzaamheid.

Al snel speelden we elke dag urenlang en praatten nog maar zelden, en daar leed onze eerst zo vriendschappelijke band onder. Op een gegeven moment zei Terrence, min of meer voor de grap, dat waarschijnlijk uiteindelijk door een wedstrijd zou worden bepaald wie van ons tweeën de kamer uit mocht.

Dat leek me onzin, maar zijn opmerking sijpelde wel als vergif onze gedachten binnen. Tot dan toe hadden we onszelf als een team beschouwd, maar daarna zagen we elkaar alleen nog als tegenstander. Vroeger leerde Terrence me nog smashen en effectballen maken, maar nu hield hij zijn adviezen voor zich. Toch werd ik steeds beter. Ik observeerde hem voortdurend en kreeg gevoel voor het spel. Ik mocht dan geen natuurtalent zijn, maar ik was wel een harde werker. Ik had er stiekem plezier in als ik een bal sloeg die Terrence niet kon terugslaan.

Hij won nog steeds, maar het verschil werd steeds kleiner. Eenentwintig-elf, eenentwintig-zestien, eenentwintig-negentien. Hoe kleiner het verschil, hoe onbeheerster Terrence ging spelen.

Hij werd driftig, schreeuwde bij een mislukte slag en toen ik hem vriendelijk, maar misschien een tikje geamuseerd aankeek, riep hij: 'Wat sta je daar nou stom te lachen?'

En dat was niet de enige keer dat hij tegen me uitviel, hij deed het ook als ik er te lang over deed om de bal op te rapen, als ik hem alleen maar aankeek of als ik niet meteen serveerde. Hij zei dat ik expres zo lang aarzelde om hem in de war te brengen. We speelden en speelden en speelden. En de dagen verstreken.

Inmiddels praatten we helemaal niet meer en wisten we allebei zeker dat er een beslissende wedstrijd zou komen. Ik voelde dat mijn verstand helderder werd en alle onnodige ballast afwierp, alsof elke synaps in mijn brein er alleen nog maar op gericht was mijn spel te verbeteren. Al een hele tijd droomde ik ook van tafeltennis, nam in mijn hoofd bepaalde slagen door, dook ineen als er iets niet lukte, werd kort daarna wakker en zag de wedstrijdtafel onder de plafondlamp staan. Zelfs in mijn slaap hoorde ik het indringende geluid waarmee het batje de bal raakte. *Ping, pong. Ping. Pong. Ping. Pong.* Het balletje stuiterde door mijn dromen.

We schrokten ons eten snel naar binnen, dronken water en speelden. Als twee bezetenen. Er ging geen minuut meer voorbij zonder dat we aan de tafel stonden. Totdat Terrence het balletje kapotsloeg.

Ineens was het stil. Ik raapte het met trillende handen op.

'Wat?' vroeg hij.

Ik staarde naar het balletje in mijn hand. Er zat een gat in en het was lelijk gedeukt. Eerst probeerde ik nog rustig te blijven ademhalen, maar toen viel ik schreeuwend uit tegen Terrence en ik vrees dat ik zelfs huilde. Daar schaam ik me nu voor, maar toen dacht ik alleen aan ons spel. Ook Terrence was aangeslagen. Hij huilde weliswaar niet, maar bleef wel urenlang leeg voor zich uit starend op de grond zitten. Af en toe sprong hij op, liep peinzend een paar rondjes en probeerde het balletje te repareren, maar vergeefs. We wisten allebei zeker dat we nu gek gingen worden.

Zodra we niet meer konden spelen, gingen we weer met elkaar praten. Pas nu begreep ik hoe ellendig Terrence eraan toe was. Hij praatte vaak verward voor zich uit en zei een keer zelfs dat hij zich van kant ging maken. We excuseerden ons allebei voor ons gedrag van de afgelopen weken. Toen we elkaar een hand gaven, kreeg ik het zowaar voor elkaar even te glimlachen en daarna verscheen de onschuldige uitdrukking van onze eerste dagen weer op Terrence' gezicht.

Later overviel ons een doffe vermoeidheid. We vielen allebei in een bodemloos diepe slaap en toen we weer wakker werden, lag er naast ons steriel verpakte eten en de flesjes water ook een nieuw balletje. We juichten, joelden, vielen elkaar in de armen. Ik durf zelfs te beweren dat ik in mijn hele leven niet vaak zo gelukkig ben geweest.

Maar onze verbroedering was van korte duur; al snel daarna waren we weer rivalen.

Toen kwam de dag waarop ik voor het eerst van Terrence won. Dat gebeurde vrij onverwacht, want in die tijd leek hij eigenlijk weer op me uit te lopen. Ook in die partij ging hij aanvankelijk aan de leiding, maar toen slopen er een paar ongeconcentreerde momentjes in en kwam ik voor te staan.

Ineens stond het twintig-twintig.

Een tijdlang scoorden we allebei om en om een punt, totdat Terrence' zenuwen hem in de steek lieten en hij een heel simpele smash miste. Ik lachte als een gek, bijna hysterisch. Terrence schreeuwde dat we meteen opnieuw moesten beginnen, maar dat weigerde ik. Met een rood hoofd kwam hij naar me toe en wilde me slaan, maar hield zich op het laatste moment in. Hij liet zijn hand, die hij al had opgeheven, weer zakken; het verstand had gezegevierd. Dat was de laatste keer dat ik hem zo menselijk heb gezien.

Ik geloof dat we toen al maanden in die kamer zaten. Dat kan ik natuurlijk niet met zekerheid zeggen, maar als ik eraan terugdenk hoe vaak en hoe lang ik sliep, dan zou ik toch durven stellen dat het een maand of zeven moet zijn geweest. Inmiddels haatte ik Terrence zo erg als ik vroeger nooit voor mogelijk had gehouden. Alles aan hem stond me tegen. Zijn kauwgeluiden bij het eten, zijn gesnurk, zijn zweet en de manier waarop de druppels tijdens het spelen uit zijn kletsnatte zwarte haar vlogen. Zijn botte, vaak agressieve blik, zijn scheve ondertanden die hij naar voren stak als hij een punt scoorde. Ik verafschuwde die grote, onbehouwen gast en had hem het liefst uit de weg geruimd, maar ik had het gevoel dat ik dan altijd in deze ruimte zou moeten blijven.

Ik had allang het gevoel dat degenen die ons observeerden een beslissende wedstrijd tussen ons wilden en daar zelfs naar hunkerden, misschien zelfs net zo hevig als wijzelf. Elke dag kon het zover zijn. Elke dag kon de dag zijn waarop een van ons beiden werd vrijgelaten.

Maar als ik helemaal eerlijk was, trok mijn oude leven me helemaal niet meer. Ik kon me die tijd nog maar vaag herinneren, de tijd zonder tafeltennis. Ik wist nauwelijks meer hoe mijn huis eruitzag en ik miste ook de mensen niet die ik vroeger waarschijnlijk mijn vrienden noemde. Ik wilde alleen nog maar Terrence verslaan, van hem winnen, hem eindelijk de beslissende nederlaag bezorgen.

Die gedachte hield me uit de slaap. Vaak stond ik op om stiekem aan de tafel te gaan staan. Ik kon het batje niet in mijn hand nemen en verder ook niets doen waar Terrence wakker van zou worden, dus stond ik alleen maar roerloos aan de tafel en nam in mijn hoofd alle mogelijke slagen door. Ik wist dat hij bang was voor effectballen met topspin op zijn backhand. Toch paste ik die variant maar zelden toe, want anders had hij zich erop kunnen voorbereiden. Af en toe liet ik die slag even langsflitsen om me ervan te verzekeren dat Terrence er nog steeds niet van terug had en deed het dan weer dagenlang niet, om hem in slaap te sussen.

Ik voelde dat ik hem ging verslaan. We spraken nauwelijks met elkaar, maar riepen wel heel hard de tussenstanden. *Twaalf-acht! Negentien-veertien! Eenentwintig-negentien!* Bij elk punt dat Terrence verloor zag ik de haat in zijn ogen. Dat was mooi, dat vrat aan zijn concentratie. Als een van ons tweeën naar de wc moest, ging de ander naast hem staan, keek hem aan, probeerde hem zenuwachtig te maken of te beledigen.

We hadden ook kleinere trucjes. Voor elke opslag liet ik de bal drie keer op het batje stuiteren, maar na een paar dagen ineens zonder aanleiding vier keer, of maar twee keer. Je kon erop rekenen dat Terrence daar nerveus van werd. Als hij een belangrijk punt had gewonnen, ging hij pal tegenover me staan en grijnsde spottend. Dat kon hij zich permitteren, hij kon altijd net iets verder gaan dan ik, want hij was sterker, dat wisten we allebei.

Terrence praatte soms in zijn slaap. Een keer mompelde hij iets van: *Maar mag mijn moeder wel mee?* Een andere keer riep hij wanhopig dat hij een belangrijke brief bij zich had: *Niet weggaan, je moet hem lezen!* In die dromen maakte hij een heel kinderlijke, haast onschuldige indruk. In het begin vond ik dat nog aandoenlijk, maar inmiddels dreef ik er tijdens het spelen de spot mee en herhaalde zijn onbeholpen zinnetjes. Hij maakte bij zijn returns vaak rare geluiden om me te irriteren of keek me secondenlang met wijd opengesperde ogen aan. Ik deed alsof het me koud liet, maar in stilte ergerde ik me wild aan die blik.

In mijn woede en machteloosheid herinnerde ik hem er ten slotte aan dat zijn vriendin het had uitgemaakt omdat hij *niet goed genoeg* voor haar was. Ik had gedacht dat ik hem daarmee van zijn stuk zou brengen of anders ten minste irriteren, maar hij keek me alleen nog steeds met die wijd open ogen aan, en ik begreep dat hij zich dat hele mens waarschijnlijk nauwelijks meer herinnerde.

Af en toe droomde ik van Terrence' gedrag op het moment van zijn nederlaag. Soms betrapte ik me er zelfs op dat ik in mijn slaap om zijn terneergeslagen gezicht lachte. Dan werd ik wakker, liep naar de tafel, keek ernaar en nam een voor een alle slagen door. Ik voelde dat het binnenkort zover zou zijn, de beslissende dag zou niet lang meer op zich laten wachten.

Maar die kwam niet.

Weer kregen we eten, flesjes water en nieuwe balletjes, maar nog steeds werd er niet met ons gesproken. Degenen die ons observeerden leken niet tevreden over ons te zijn. Misschien vonden ze dat we te weinig oefenden. Misschien moesten we gewoon nog harder trainen, nog beter worden. We werkten onvermoeibaar en hoopten dat onze vooruitgang werd opgemerkt, maar die leek niemand te interesseren.

In die fase huilden we vaker. Soms zelfs zo erg dat we er kramp van kregen, moet ik tot mijn verlegenheid bekennen; dan lagen we op de grond en schreeuwden, vloekten en jammerden, tot we uiteindelijk weer opstonden en verder speelden. We waren bereid tot het uiterste, tot álles, maar er gebeurde niets.

En toen waren we vrij.

Ze moeten iets in het eten hebben gedaan. We kwamen bij op een industrieterrein aan de rand van een stad. We wisten niet wat we moesten doen en keken elkaar aan; in de verte reed een vrachtwagen langs. We begrepen er niets van. Waarom hadden ze ons vrijgelaten? Terrence riep triomfantelijk dat hij de laatste keer van mij had gewonnen, wat op zich waar was, maar waarom was ik hier dan ook?

Het wilde er bij ons niet in dat het allemaal voor niets kon zijn geweest. Dat het er nooit iets toe had gedaan wie won.

We liepen naar de stad. Een meisje op de fiets passeerde ons rakelings, een auto remde toeterend op de kruising. Al die vreemde indrukken boezemden ons angst in en met onze versleten kleren trokken we voortdurend de aandacht. We ontweken de voetgangers en bleven dicht bij elkaar.

Wat we daarna deden vind ik achteraf heel grappig: we gingen niet naar de politie of naar een ziekenhuis, maar vroegen aan voorbijgangers waar je hier kon tafeltennissen. Het kwam niet bij ons op om uit elkaar te gaan. Hoe ik Terrence ook haatte, ik was met hem vergroeid. Uiteindelijk vonden we een sporthal met meerdere tafels, waar afgezien van clubs ook semiprofs trainden. De anderen waren enthousiast over ons spel. Iedereen wilde tegen ons spelen en wij wonnen altijd moeiteloos. Ons talent werd al snel bekend, maar er kwam niemand die ons kon verslaan. 's Nachts sliepen we in het portiek van een bank of bij de daklozenopvang, maar al snel kregen we een hotelkamer aangeboden.

In die tijd raakte ik het contact met Terrence kwijt. Hij ging met een tafeltennisteam door het land reizen en ik bleef in de buurt van de sporthal wonen waar ik nog steeds elke dag speelde. Onze laatste wedstrijd won ik, ruim zelfs: eenentwintig-dertien. Die twee getallen hebben zich in mijn geheugen gegrift. *Eenentwintig-dertien.*

Ik heb Terrence nooit meer gezien.

Wat mijzelf betreft: mijn leven is weer net zo normaal als eerst. Ik woon inmiddels in een klein pension, misschien niet zo modern als de grote hotels, maar wel

rustig en afgelegen. Mijn dagen lijken allemaal op elkaar: de hospita maakt ontbijt, ik lees de krant, drink
twee koppen koffie, luister naar de cultuurzender of
naar mijn lievelingspianist František Drdla en ga naar
de sporthal. Want vanzelfsprekend neemt het tafeltennis ook nu nog een belangrijke plaats in mijn dagelijks
leven in, en waarom ook niet? Ik verdien tenslotte
mijn geld als trainer, een noodzakelijk kwaad. Af en
toe ben ik bereid op mezelf in te zetten als er iemand
wil wedden. Het klinkt misschien opschepperig, maar
ik win altijd. De mensen komen natuurlijk altijd met
drommen nieuwe tegenstanders aan. Deze hier wint
wel van je, zeggen ze dan, hij heeft aan het nationale
kampioenschap meegedaan, maar daar ben ik niet van
onder de indruk. Er is ook iemand van een krant komen kijken, maar ik wilde geen interviews geven. De
mensen verbazen en ergeren zich omdat ik niet bij een
club speel, niet voor mijn land uitkom en me niet laat
sponsoren. Maar ik blijf liever zelfstandig.

Er zijn alweer maanden verstreken sinds onze vrijlating. Vorige week hoorde ik dat Terrence een eind aan
zijn leven heeft gemaakt door zich met een gestolen
vuurwapen in zijn mond te schieten. Martiaal, niet?
Hij had net verloren van een Chinese tegenstander die
aan de Olympische Spelen had deelgenomen. Ik moet
bekennen dat ik niet erg verdrietig was toen ik het
hoorde, want het betekent dat mijn laatste overwin-
ning ook onze laatste ontmoeting zal blijven. Maar

zulke gedachten zijn maar al te voor de hand liggend, denk ik.

O, prachtige eenentwintig-dertien!

Alles is dus weer helemaal in orde. Alleen heel soms – vooral na tien uur 's avonds, als de sporthal dichtgaat – overvalt me een zekere innerlijke onrust, alsof ik niet blij ben dat ik weer vrij ben. Op zulke nachten loop ik doelloos en met gebogen hoofd door de stad. Ik probeer hoe dan ook andere mensen te mijden. Ik vind het vervelend dat ze zo naar me kijken, ik weet niets over hen, ken hun zwakke plekken niet. Ik vraag me de hele tijd af of hun backhand beter is dan hun forehand en hoe ze serveren.

Eerlijk gezegd beginnen mijn kleine kamertje in het pension en de nieuwsgierige blikken van de hospita me ook te hinderen. Het bed heb ik laten weghalen, ik slaap liever op de grond. Ik drink tegenwoordig vaak, zonder aanwijsbare reden, behalve dat het makkelijker is dan het niet te doen. Ik heb altijd een batje en een balletje bij me en als ik me onzeker voel, wat vaak zo is, dan laat ik het balletje eindeloos op het batje stuiteren.

Het klinkt misschien vreemd, maar ik heb me nooit ergens zo veilig en zelfverzekerd gevoeld als in die kale kamer met Terrence en de tafel. Soms droom ik dat ik daar weer wakker zal worden. Alsof er niets was gebeurd, alsof de verschrikkelijke tijd na de vrijlating alleen maar een nachtmerrie was. Als ik dan 's morgens wakker word en dat alles weer uit mijn werkelijkheid wordt weggerukt, blijf ik vaak nog minutenlang als verlamd liggen. Dan voel ik me verschrikkelijk.

Om negen uur sleep ik me naar de sporthal, waar ik altijd de eerste ben. Ik trek mijn jasje uit, neem het batje in mijn hand en zoek een tegenstander. Soms tril ik een beetje, totdat ik iemand heb gevonden. Maar als dan eindelijk het balletje voor het eerst het batje raakt en het vertrouwde geluid er weer is, dat *ping*, dat *pong*, dan word ik weer rustig.

Richard

(2017)

'Weet u,' zei de oude vrouw op het bankje in het park tegen de man naast haar, 'kipfilet van de markt, dungesneden, dat vindt mijn Richard het allerlekkerste. De koopman kent me, hij wacht elke vrijdag op me… Deze keer had ik niets willen kopen, ik moet zuinig zijn, maar hij zei dat de kipfilet vandaag bijzonder mals was, dus uiteindelijk heb ik het toch gekocht.'

De oude vrouw haalde het zakje met het vlees uit haar boodschappentas en liet het de man zien. Hij keek er met tegenzin naar en richtte zijn blik weer op zijn telefoon.

'Richard is altijd zo opgewonden als ik daarmee thuiskom, volgens mij ruikt hij het vlees. Die paar seconden voordat ik de kip in zijn bakje doe kan hij nauwelijks wachten, dan strijkt hij de hele tijd miauwend langs mijn benen.' Ze lachte. 'Zo gaat dat bij ons: eerst hij, dan ik. Met mijn man was het precies andersom, die liet mij altijd voorgaan, maar met Richard is dat nooit gelukt.'

De man naast haar knikte beleefd. Hij had een donkergrijze hoodie aan. Hij tikte nog een bericht op zijn telefoon, stond op en zei gedag. De oude vrouw keek hem na, met het zakje kipfilet van de markt nog op schoot.

De bladeren van de bomen lichtten goudkleurig op in de late middagzon en op de speelweide in het park speelden kinderen. In de verte zag ze een jong stel; zijn hand zat in haar jaszak en de hare in de zijne.

De oude vrouw keek hen na. Haar blik viel op haar eigen vlekkerige handen. Ze dacht aan haar overleden man. Als het geheugen een bioscoop was, dan waren haar jaren met hem een klassieke film die nog steeds elke avond werd gedraaid. Misschien was hij niet meer zo spannend, want ze kende de dialoog uit haar hoofd en misschien waren het beeld en de soundtrack wat minder scherp geworden, maar dat gaf niet. De film eindigde net voor zijn ziekte.

'Jaaa hoor... *Niet*.'

'Echt wel, hij heeft het gewoon gedaan.'

Twee meisjes liepen al pratend naar de oude vrouw toe. Ze gingen naast haar op het bankje zitten.

Een tijdje luisterde de vrouw naar het gesprek van de vriendinnen en streek haar bedrukte blouse een paar keer glad. Toen haalde ze een foto uit haar zak. Een foto van een jonge kater. Hij was helemaal zwart, alleen zijn neusje lichtte wit op.

'Toen was hij nog heel klein,' onderbrak de vrouw het gesprek van de meisjes. 'Ik heb hem Richard genoemd omdat een goede vriend van me zo heette en omdat ik dat altijd een mooie naam heb gevonden.'

De meisjes keken bevreemd naar de foto.

'Na de vroege dood van mijn man was ik veel alleen,' ging de vrouw door. 'We hadden geen kinderen en het huis was zo leeg zonder hem, en in de loop der jaren zijn nog meer vrienden overleden. Tja, zo gaat dat... Ik zat soms de hele dag in de keuken zonder iemand te spreken.'

Ze zuchtte, al wilde ze helemaal niet zuchten. Ze was niet meer gewend zo lang achter elkaar te praten.

'Op een gegeven moment zag ik op tv dat er in de zomer veel te veel katten in de dierenasiels zitten omdat de mensen ze wegdoen als ze met vakantie gaan. Dus ik erheen. Goeie god, wat een gemauw daar.' De oude vrouw lachte. 'Ik liep door die gangen en ineens graait er een klauwtje naar me. Ik keek in de kooi en zag een zwart katje met een wit neusje. "Die hebben we in het bos gevonden," zei de man van het asiel. "Zijn moeder was gestorven, die kon niet meer voor haar kinderen zorgen. Al zijn broertjes en zusjes waren al dood, alleen hij had het overleefd. Het is een taaie." Ik keek naar het katje en het keek wanhopig, bijna smekend terug, en ik zei: "Die gaat met mij mee." Dat is nu vijftien jaar geleden. In het begin moesten we natuurlijk nog wennen, we slopen om elkaar heen. Richard liet zich niet graag aaien, je zag wel dat hij veel had meegemaakt en bang was geworden. Maar na een tijdje wende hij aan me.'

Ze haalde nog een foto tevoorschijn, waarop de kater al duidelijk ouder en groter was. Zijn zwarte vacht zag er gezond en glanzend uit en hij lag behaaglijk opgerold op een kussen voor de verwarming.

'Dat is zijn lievelingsplekje,' zei de oude vrouw tegen de meisjes. 'Hij heeft het graag warm, en als je bedenkt dat hij in dat koude bos was gevonden, is dat ook wel begrijpelijk. Richard is in de loop der jaren een heel mooie, fiere kater geworden, geen vergelijk met het vermagerde beestje dat hij toen was. Hij is...'

De vrouw viel midden in de zin stil. Weer streek ze peinzend over een vouw in haar blouse. De meisjes wisten niet hoe ze op het wonderlijke mensje moesten reageren en zwegen ook. Blauw schemerlicht daalde over het park neer en in de verte klonk nog steeds het vrolijke geroep van de voetballende kinderen op de speelweide.

Ineens tikte de oude vrouw op de foto. 'Ik weet nog hoe Richard had besloten dat we vrienden waren. Ik zat in de keuken te lezen en ineens sprong hij op mijn schoot. Dat had hij daarvoor nooit gedaan en in de jaren daarna heeft hij het ook nooit meer gedaan. Hij vindt het namelijk heel moeilijk als iemand te dichtbij komt. Maar die dag wilde hij me toch laten zien dat hij me wel mag.'

De meisjes keken elkaar aan en begonnen te giechelen.

De oude vrouw lachte mee. 'Ja, hij heeft een eigen willetje. Hij is het liefst bij me in de buurt, maar hij houdt altijd een beetje afstand. Als ik in de keuken zit te lezen, gaat hij graag op de stoel naast me zitten. Als ik tv kijk, zit hij tegenover me. Maar bij me op bed slapen? Nooit... Op een gegeven moment kende ik hem zo goed dat ik hem precies begreep. Van harde geluiden wordt hij bang omdat ze hem aan iets van vroeger doen denken. Soms heeft hij een goede dag, dan is hij vol vertrouwen en laat hij zich over zijn kop kroelen. Maar daarna moet je hem weer met rust laten. Hij kent mij ook zo goed. Katten zijn heel gevoelig, wisten jullie dat? Ze zeggen dat ze zelfs de dood van een mens voelen aankomen, en ook hun eigen dood, zo scherp zijn ze... Hebben jullie een huisdier?'

Het ene meisje schudde haar hoofd, nog steeds grijnzend, haar vriendin knikte aarzelend. 'Een hond.'

'Hoe heet hij?'

'Miles,' zei het meisje verlegen.

De oude vrouw glimlachte. 'Ik zal je iets verklappen.'

Ze haalde een derde foto uit haar tas. Daarop was de kater al oud en zichtbaar vermagerd, en zijn vacht was niet meer glanzend, maar mottig. Hij lag op een stoel en keek vermoeid, maar met intelligente grijze ogen in de camera.

'Zijn lievelingsmoment zijn de seconden waarin ik de kipfilet in zijn bakje doe. Maar míjn lievelingsmoment zijn de paar seconden voordat ik de voordeur opendoe. Dan hoor ik Richard namelijk al achter de deur miauwen. Hij is net zo eenzaam als ik en wacht de hele tijd op me. En als hij dan eindelijk hoort dat ik thuiskom, begint hij al te mauwen: *Waar bleef je toch zo lang?* Als ik op de eerste verdieping ben en mijn huissleutel pak, krabt hij luidruchtig aan de deur. Dan is hij zo opgewonden, dat hij zó naar buiten zou willen rennen. Ik moet altijd mijn voet in de kier zetten, anders rent hij het trappenhuis in. Dat doe ik nu al vijftien jaar. Elke keer dat ik thuiskom, zet ik mijn voet tussen de deur; dat is een reflex geworden.'

De oude vrouw keek glimlachend naar de foto van haar kat.

Een van de meisjes stootte haar vriendin aan.

'Ja, goed, we moesten maar eens...' zei ze snel. Ze namen afscheid en zodra ze een paar meter hadden afgelegd, proestten ze het uit.

De oude vrouw hoorde het, maar het maakte haar niets uit. Het werd geleidelijk donker, maar vandaag wilde ze nog niet zo vroeg naar huis. Haar blik zweefde over het park, waar de lantaarns allemaal tegelijk aanfloepten. Het park liep langzaam leeg en ook de voetballende kinderen op de speelweide gingen weg.

Nog steeds keek ze naar de laatste foto van Richard. Ze dacht aan de keer, twee dagen daarvoor, dat hij op haar bed had geslapen. Dat had hij nog nooit gedaan, al die jaren niet, dat vond hij te dichtbij. Maar deze keer was hij spinnend naar haar toe gekomen, vol vertrouwen. Verrast had ze zijn naam geroepen. Hij had een paar keer met zijn kop langs haar arm gestreken en zich toen tegen haar schouder aangevlijd.

De oude vrouw omklemde het zakje kipfilet en legde het naast zich op de bank. Ineens huilde ze. Het park was inmiddels leeg, dus niemand zag het, en al snel was ze weer kalm. Steunend op haar rollator zette ze koers naar haar huis. Het licht van de straatlantaarns wierp scherpe schaduwen op de stoep en uit de cafés en restaurants waaiden geroezemoes en gelach haar tegemoet.

In het trappenhuis hing de vertrouwde geur van koud stof. Ze liep naar boven, voorzichtig en moeizaam, tree voor tree, maar zonder klagen. Eindelijk was ze bij haar eigen voordeur. Ze haalde haar sleutel uit haar tas en deed de deur van het slot. Daarachter was het donker en stil, maar toch zette ze haar voet in de kier.

Boekennacht

(2016)

Opmerking

Tussen deze verhalen zitten twee teksten uit het universum van Het einde van de eenzaamheid. *Voor het volgende verhaal hoef je de roman niet te hebben gelezen, maar het is wel goed om te weten dat de hoofdpersoon, Jules, als kind graag schreef. Uit een passage aan het begin:*

> Ik lag die middag op bed een nieuw verhaaltje te schrijven. Het ging over een bibliotheek waarin de boeken 's nachts stiekem met elkaar praatten, tegen elkaar opschepten over hun schrijver en zich beklaagden over hun slechte plek op de achterste plank.

De roman omvat vijfendertig jaar en veel wordt alleen schetsmatig aangegeven. Maar tijdens het schrijven leef je met je personages en ik heb me vaak afgevraagd wat ze al-

lemaal deden op de momenten die voor de voortgang van het verhaal geen rol speelden. Hoe reageerde Jules' zus op de val van de Muur, is ze als jong meisje naar Berlijn gegaan? En hoe verliep de kennismaking van zijn broer met zijn toekomstige vrouw, hoe flirtte hij?

Bij Jules daarentegen heb ik me vaak voorgesteld hoe hij als vader teruggrijpt op zijn eigen kinderjaren en het hierboven genoemde verhaal – dat hij naderhand zelf heeft bewerkt – op kerstavond aan zijn eigen kinderen voorleest. Niet in de laatste plaats omdat ik die passage zelf altijd weer tegenkom als ik op tournee ben.

In het boek was hier natuurlijk geen plaats voor, het is maar een spelletje, oké – maar hoe ging dat sprookje van Jules over die pratende boeken eigenlijk?

Volgens mij ging het zo:

Boekennacht

Een kerstverhaal

Mr. Stanley was niet te benijden. Hij zat op zijn kruk in zijn kantoortje naar de lelijke kattenkalender aan de muur te staren. Hij was nu achtenvijftig en op kerstavond had hij niets beters te doen dan als nachtwaker in de bibliotheek te zitten. En hij hield niet eens van lezen! Op de tafel stonden een schaaltje harde chocoladekoekjes die zijn collega's voor hem hadden gebakken en een thermosfles met punch. Voor het raam zweefden sneeuwvlokken langs, die op de stoep smolten. Hij slaakte een lange zucht.

Tijd voor zijn ronde. Hij pakte zijn sleutelbos en liep over alle verdiepingen. De vloerplanken kraakten onder zijn laarzen. Het was een oude gemeentebibliotheek in Marylebone, Londen, die ondanks alle giften, een paar kostbare eerste drukken en manuscripten, waaronder een eerste manuscriptversie van *Winnie de Poeh* van A.A. Milne, een beetje sjofel aandeed. Maar hij was er nu eenmaal aan gehecht. Hij werkte hier al ruim negentien jaar en zou hier zijn pensioen ook wel halen, tenzij...

Hij bleef staan; hij had het gevoel dat er iemand naar

hem keek. Argwanend streek hij over zijn snor en keek om zich heen. Niets. De gangen waren leeg, hij was alleen – alleen met duizenden boeken. Weer zuchtte Stanley. Soms wilde hij wel meer lezen, maar ja, hij was te lui. Thuis had hij zijn goeie ouwe tv, een pronkstuk dat hem ooit een heel maandsalaris had gekost en nog steeds een vriend was op wie hij altijd kon rekenen voor een dosis amusement.

Nee, lezen was niet zijn ding, maar hij hield wel van de geur die hier hing: een beetje stof, oud papier, leer. Die geur miste hij altijd als hij 's morgens vroeg naar huis ging en hij verheugde zich er stiekem op als hij 's avonds naar...

Weer draaide hij zich om. Hoorde hij daar een geluid? Het kwam niet uit de oostelijke vleugel, waar de eerste drukken in de kluis werden bewaard, maar...

Mr. Stanley haastte zich naar de grote zaal. Hij duwde de piepende deur open en staarde naar de eindeloze diepte vol boeken. Te veel om te tellen. Klassieken uit vervlogen tijden, dikke turven van duizend pagina's uit de meest uiteenlopende landen, politieke pamfletten, kinderboeken, fantasy, moderne literatuur, reisgidsen, thrillers, liefdesromans. Die hele bibliotheek was eigenlijk niets anders dan een gigantisch station vol personages en verhalen. Stanley liep door de zaal en keek nauwgezet in alle hoeken, maar er heersten alleen stilte en duisternis.

Toch vreemd. Op kerstavond leek het altijd te spoken in de bibliotheek, alsof hij vreemde geluiden hoorde die verstomden zodra hij de deur opendeed. Hij keek nog een laatste keer naar de volle kasten die alle belangrijke werken van de wereldliteratuur leken te bevatten. Niets bewoog en de maan bescheen de grote zaal met een geheimzinnig licht.

Ten slotte liet de nachtwaker zijn zaklantaarn zakken, sloot de deur achter zich af en liep terug. In zijn kantoortje nam hij hoofdschuddend een slok punch.

Het bleef lang stil in de grote zaal. De boeken namen geen enkel risico. Die Mr. Stanley was een achterdochtige oude baas, je kon niet voorzichtig genoeg zijn. Maar toen klonk er een zacht geritsel. Heel voorzichtig draaide Jules Verne zich om.

De reis om de wereld in 80 dagen.

De anderen volgden aarzelend zijn voorbeeld.

Van iedere schrijver draaide zich een boek om, terwijl de andere werken van dezelfde auteur plaatsmaakten, zodat het open kon. Eindelijk vrij, wat een weldaad.

Romeo en Julia van Shakespeare viel dat genoegen ten deel, net als *De Buddenbrooks* van Thomas Mann, *Oorlog en vrede* van Tolstoj en *Madame Bovary* van Flaubert.

Een voor een gingen de belangrijkste, wijste werken open om de andere, vaak jongere boeken toe te spreken. Die konden het wel horen, maar moesten in hun ongemakkelijke houding blijven staan; met hun rug naar de zaal konden ze alleen mompelen en fluisteren. Spreken was alleen toegestaan als de auteur al prat kon gaan op veel succes en door veel werk werd vertegenwoordigd. Dat waren de regels, want dit was duidelijk een klassenmaatschappij. Misschien ging het er in buitenlandse bibliotheken anders aan toe, daar hoorde je de wildste dingen over, maar dit was Engeland, hier hechtte men aan stijl en etiquette.

'Is hij weg?' De stem van Jane Austen doorbrak de stilte.

'Ik geloof het wel,' zei McCullers. 'Die arme Mr. Stanley.'

'Wat een sneue figuur, dat hij uitgerekend op deze dag moet werken,' deed Dostojevski een duit in het zakje. 'Waarom doet hij dat toch elk jaar?'

'Hij zal wel geen vrouw hebben,' mompelde *The Catcher in the Rye*, een van de jongere romans. Hij hoorde zijn enige vriend in de bibliotheek, *Huckleberry Finn*, grinniken.

De eerste minuten werd er vooral geroddeld: kortgeleden uitgeleende boeken vertelden wat ze op hun reis in andere huizen hadden beleefd. Boeken over politieke theorieën, waarvan de schrijvers vaak Franse of Russische namen hadden, zuchtten dan dat zij ook zo graag weer eens zouden worden uitgeleend. 'De laatste keer dat ik buiten was, zat Thatcher nog op Downing Street 10!' Andere boeken vertelden over iemand

die de tiran van het schoolplein was, maar elke bladzij-
de wel vijf keer moest lezen voordat hij er iets van
snapte, of ze klaagden omdat ze sinds de reorganisatie
van de bibliotheek te dicht bij het raam stonden en
hun ruggetje in de zon vergeelde.

Kortom, de gebruikelijke smalltalk. Maar naarmate
de nacht vorderde beperkte de discussie zich steeds
meer tot de vraag wie er deze keer mocht voorlezen.

'Is Dickens thuis?' vroeg iemand met een Iers accent,
waarschijnlijk Joyce.

De anderen keken of ze de beroemde auteur van *A
Christmas Carol* ergens zagen.

'Nee, die is helaas weg. Op het laatste moment nog
uitgeleend!'

'Wat een pech. Dat is nu al het derde jaar op rij!'

Er ging een honderdstemmig gekreun door de zaal,
want de boeken hadden zich er juist zo op verheugd
dat Dickens hun eindelijk weer het verhaal van de
oude Ebenezer Scrooge zou vertellen.

Er werd over mogelijke alternatieven overlegd.

'Misschien hebben sommige jongere boeken belangstelling voor de beroemdste liefdesgeschiedenis aller
tijden?' informeerde de wat zelfgenoegzaam geworden Shakespeare.

Een paar seconden bleef het pijnlijk stil in de zaal.
Shakespeare snapte de hint en redde zich eruit met de
opmerking dat zijn pagina's zo oud en waardevol waren dat hij die alleen nog maar bij 'heel bijzondere gele-

genheden' in hun volle pracht ontvouwde en dat dit waarschijnlijk niet het juiste moment was.

Een paar andere oudere Engelse boeken deelden daarop mee dat ze zich niet konden heugen dat ze Shakespeares pagina's ooit in die volle pracht hadden gezien en dat het ook alweer een tijdje geleden was dat iemand hem had geleend. Integendeel, riposteerde Shakespeare gepikeerd, hij werd juist heel veel uitgeleend, waarop iemand reageerde: 'Ja, maar alleen door verveelde scholieren,' wat tot enig hoongelach leidde.

Er ontstond een verbitterd gebekvecht, waarnaar de jongere boeken ademloos luisterden, want zoiets kregen ze van de wijze oudere boeken niet vaak te horen. Des te spannender om dat nu mee te maken, en dan ook nog op een avond waarop je buiten op straat overal kerstliederen hoorde en de versierde kerstboom in de zaal in het maanlicht glansde.

Maar al snel werd het rustig en iedereen boog zich weer over de vraag uit welk boek moest worden voorgelezen. Velen wilden een macaber verhaal van Roald Dahl of een griezelverhaal van Edgar Allen Poe, maar die weigerde.

'Toch niet op zo'n avond!' zei hij, maar hij beloofde de jongere boeken dat hij binnenkort weer zijn klassieke *The Tell-Tale Heart* zou voorlezen.

Balzac vroeg daarentegen aan de aanwezigen of er dan niemand een echt kerstverhaal wist, 'misschien een van de meer zuidelijke boeken', waarmee hij alleen zijn vrienden onder de Italiaanse en Spaanse boeken kon bedoelen. Maar Dante moest ontkennend antwoorden en de oude Cervantes was in slaap gevallen en snurkte zacht.

'Het kan toch niet zo zijn dat we niemand kunnen vinden!'

Een paar jongere boeken riepen om *Harry Potter*, een serie waarvan veel oudgedienden een hele tijd niet hadden geweten wat ze ervan moesten vinden. Misschien waren ze in het begin ook wel gewoon jaloers geweest omdat de boeken over de tovenaarsleerling tot de populairste van de bibliotheek behoorden. Vooral Barrie had gemerkt dat zijn *Peter Pan* daar misschien niet meer helemaal tegenop kon, en hij had er stemming tegen gemaakt. Maar hij en Rowling bleken verrassend goed met elkaar overweg te kunnen en ook veel oudere boeken moesten toegeven dat ze de verhalen over Zweinstein spannend vonden.

Capote eiste *Lolita*. Eigenlijk had alleen het geroddel aan het begin van de nacht hem geïnteresseerd, dat voorlezen liet hem koud. Maar hij wilde provoceren, en inderdaad zei meteen iemand op verontruste toon dat dat een 'veel te smerig' boek was. Nabokov hoorde het met minachtend geritsel aan.

Adichie, Woolf en De Beauvoir hadden geen zin meer in de jaarlijkse plenaire discussie ('er zit te veel testosteron in de inkt') – en begonnen hun eigen geanimeerde gesprek.

Toen er om *Moby Dick* werd geroepen, merkte iemand op: 'Ik dacht dat we zouden worden voorgelezen, niet collectief onder narcose gebracht.'

Het was niet duidelijk wie dat had gezegd, de boeken wezen met de beschuldigende vinger naar elkaar, maar de oude Melville liet zich niet zo makkelijk van de wijs brengen en de discussie ging verder. Een grapjas stelde net voor *Winnie de Poeh* uit zijn 'isoleercel' in de oostelijke vleugel te bevrijden toen er een oorverdovend gebulder door de zaal klonk.

'Is het nu eindelijk afgelopen! Ik ben dat gezeur zó zat!'

De diepe stem van Hemingway.

De andere boeken vielen stil, ze waren bang voor hem. Hij was volslagen onberekenbaar. Hij kon heel innemend zijn, goed luisteren en prachtig vertellen, maar net zo vaak was hij nurks en juist op kerstavond sloeg zijn stemming bijna altijd om.

'Trakteer ons vandaag alsjeblieft op een goed humeur, oude vriend,' zei Fitzgerald niet onvriendelijk, maar Hemingway luisterde niet naar hem en ook niet naar de zusjes Brontë. Als hij eenmaal aan het tieren was, kon hij niet meer stoppen, dan wond hij zich luidruchtig op over de andere boeken en wapperde wild met zijn bladzijden.

'Die rotkerstavond ook. Elk jaar zit ik hier met jullie opgescheept. Geef me een aansteker, dan steek ik de hele tent eindelijk in de hens.'

Hij klepperde opgewonden met zijn kaft en wist van geen ophouden. Een paar jonge boeken werden bang.

'*Sileeeence!*' riep ineens iemand. '*Mince alors!*'

Dat was Proust, die vermoeid naar voren kwam.

'Altijd dat lawaai,' zei hij. 'Dan ga je één keer vroeg slapen en dan word je midden in de nacht gewekt. En ik droomde juist zo mooi.' Geeuwend wreef hij in zijn bladzijden. 'Van een hele stapel madeleines.'

Dat laatste was een grapje en sussend bedoeld. Maar Hemingway vatte het verkeerd op en hij was nog steeds zo buiten zichzelf dat hij de ergste belediging uitsprak die een boek kon bedenken.

'Ach, hou toch je kop, Marcel, je zit onder het stof!'

Op slag was het doodstil.

Na de eerste schok besloten de boeken die naast Hemingway stonden hem met geweld tot rede te brengen. Door doelgericht hun omslag open te gooien werkten ze hem de kast uit en tegen de marmeren vloer, waar hij vloekend neerkwam, met een klap die tot in de verlaten gangen van de bibliotheek te horen was.

'Niet de eerste vechtpartij die hij heeft verloren,' merkte iemand op.

De andere boeken fladderden opgewonden met hun pagina's, maar toen hoorden ze de krakende voetstappen van de nachtwaker. 'Daar komt hij weer!' riepen ze. 'Snel, hij is er al bijna.'

Toen de deur piepend openging, stond iedereen

weer op zijn plaats, met hun omslag dicht.

Mr. Stanley scheen een paar keer met zijn zaklantaarn door de zaal, en toen een jonger boek de lichtstraal op zich gericht voelde, kromp het ineen... Maar niemand verroerde zich.

De nachtwaker wilde alweer weggaan, maar zag toen Hemingway op de grond liggen. Verbaasd raapte hij het boek op en bladerde erin. Bliksemsnel draaide hij zich om: nu zou hij de onverlaat vinden! Maar zijn blikken stuitten alleen op de talloze boekenkasten die massief en roerloos in het donker stonden. Doodse stilte. Alleen een koortje buiten zong zacht *Holy Night* en het sneeuwde nog steeds.

De nachtwaker zette Hemingway weer op zijn plaats in de kast. 'Wat is dat toch elk jaar met dat boek...' mompelde hij. Toen slofte hij naar de gang en trok met de gebruikelijke zucht de deur achter zich dicht.

De filmserie

of: De waarheid over het liegen

(2016)

Als je je imperium op een leugen hebt gebouwd, luidt de eerste wet: *Vergeet die leugen.*

Dat was Adrian Brooks het grootste deel van zijn leven goed afgegaan, maar hoe ouder hij werd, hoe vaker zijn herinneringen hem inhaalden. Er waren dagen dat zijn rijkdom en zijn roem hem een aanfluiting leken en dan hielp het ook niet als hij de familie van de arme George anoniem geld gaf of een stichting voor jonge cineasten in het leven riep. Het scheelde weinig of hij verloor de strijd om zijn geweten.

En toen hij voor het raam van zijn riant verbouwde villa van drie verdiepingen in het centrum van San Francisco naar de Peugeot stond te kijken die de oprit op kwam, wist hij dat dit de dag was waarop hij eindelijk de waarheid zou vertellen.

De vraag was alleen of die ook gehoord zou worden.

Achter het stuur van de Peugeot zat de jonge filmjournalist die hem kwam interviewen voor *Vanity Fair* of *Variety* of een van de andere bladen die de afgelopen decennia zoveel portretten van hem hadden gepubliceerd. Een keer had hij samen met zijn vriend Spielberg op de cover gestaan: de twee grootste cineasten van de twintigste eeuw. En waarom ook niet; Brooks had veel klassieke films op zijn cv staan en aan zijn geluksperiode, de jaren zeventig, had hij zijn bijnaam *Goldfinger* te danken. Beroemd is zijn uitspraak 'De enig mogelijke realiteit is visie'.

Op foto's uit die tijd is hij te zien als baardige playboy op een jacht, of in gesprek met Kubrick. In de jaren tachtig volgden filosofische gesprekken met Oprah over de ontwikkelingen van het medium film, in dat ongelooflijke witte pak. En er circuleerden geruchten over mensen in battledress die voor zijn huis bivakkeerden en pas weggingen als ze een handtekening van hem hadden bemachtigd.

In de jaren negentig kwam de grote neergang. Een aantal films van Brooks flopte en na 11 september 2001 ontstond de hysterische sfeer waarin hij zelfs van spionage werd beschuldigd – een absurde wending in zijn leven. Totdat zijn verbijsterende neus voor superheldenfilms hem er weer bovenop hielp. En kortgeleden de verkoop van zijn bedrijf B-Films aan Paramount, voor zes miljard dollar.

Maar hoe nu verder? Halverwege de zeventig, eindelijk vrij man? De grootste filmmagnaat van de vorige eeuw? Nog steeds een stiekeme bedrieger?

Heer, verlos mij van mijn zonden!

Jeff Winkler, de jonge journalist die hem voor *The Economist* (o ja, die) zou interviewen, maakte bij het voorstellen een verlegen, welhaast krampachtige indruk. Dat kon natuurlijk gespeeld zijn, Brooks liet zich niets wijsmaken. De aanleiding voor het gesprek was de verkoop van het bedrijf aan Paramount, maar hij merkte dat het hem steeds meer moeite kostte om de gebruikelijke vragen te beantwoorden. Wat had het voor zin om als visionaire verhalenverteller bekend te staan als je uitgerekend het ongelooflijkste verhaal voor je moet houden? Veertig jaar geen woord, tegen niemand. Niet uit te houden.

Brooks liet zijn Zippo klikken en stak een sigaret op. Een blik op zijn oude, leerachtige handen: hij moest ze dringend weer eens laten laseren. Hij bood Winkler ook een sigaret aan, maar die schudde alleen zijn kale hoofd. Ja, zo'n gast rookt natuurlijk niet. Helemaal zoals die Winkler erbij liep: verzorgd, geruit overhemd, All-Stars, hoornen bril; honderd procent veganist. Hij deed Brooks een beetje aan zichzelf denken, vroeger, in zijn andere leven.

Korte rookpauze, tijd om na te denken. Brooks leunde met zijn hoofd tegen zijn leren stoel. 'Nou, Winkler, het is je geluksdag,' zei hij ten slotte. 'Zullen we het gesprek wat interessanter maken?'

De journalist keek hem nieuwsgierig aan. 'Graag, Mr. Brooks.'

'Dan vraag ik aan jou: Wie ben ik?'

Winkler ging rechtop zitten. 'Hoe bedoelt u?'

'Wie ben ik, in jouw ogen? Eerlijk zeggen.'

'Nou ja...' Winkler keek hem niet aan. 'U hebt als producent en scenarist meer Oscars gewonnen dan wie ook. U hebt talloze jonge regisseurs ontdekt. U hebt een revolutie in de filmwereld veroorzaakt.' Eindelijk keek hij hem in de ogen. 'Maar u hebt ook een paar rampen meegemaakt.'

'Fijn dat je niet meteen over het grote thema begint,' zei Brooks. *'Maar ik vraag het nog een keer, in één zin: Waarvan ben ik bekend?'*

Winkler glimlachte. 'U bent Adrian Brooks,' zei hij. 'U hebt *Star Wars* bedacht, ieder kind kent u.'

Brooks tikte de as van zijn sigaret in de marmeren asbak op zijn bureau en zuchtte. Wat had hij dat vaak gehoord. Maar zelfs nu, na veertig jaar, klonk het nog steeds onwaar. Een *leugen*, een *leugen*, een *leugen*. Weer zag hij de lift voor zich. Het tableau met de vijf knoppen. Parterre, eerste verdieping, tweede verdieping, derde verdieping... en dan die omineuze vijfde knop. De knop die alles had veranderd.

'Goed,' zei hij, *'dan komt er nu een verhaaltje.'* Hij boog zich naar de journalist toe. *'Zegt de naam George Lucas je nog iets?'*

'Lucas, Lucas...' Winkler dacht na, zijn gezicht zag er een paar seconden zo uitdrukkingsloos uit als een stationsklok. Ineens leek hem een lichtje op te gaan. 'Was dat niet de gast die in de jaren zeventig een rechtszaak tegen u had aangespannen?'

'Precies. Het was trouwens wel een goede regisseur. American Graffiti *is van hem.'*

'Inderdaad, en die sciencefictionfilm, THX nog wat...
En,' Winkler zette zijn bril recht en begon ineens te lachen, 'natuurlijk ook die verschrikkelijke Vietnamflop. Hoe heette die ook weer?'

'*Apocalypse Now.*'

'Ik heb in geen jaren meer iets van hem gehoord. Wat doet Lucas tegenwoordig?'

'*Hij is met pensioen,*' zei Brooks kort. '*Hij heeft die rechtszaak tegen mij verloren, toen heeft hij op aandringen van zijn goede vriend Coppola zijn laatste geld in* Apocalypse Now *gestoken en zelfs nog geld geleend, en dat werd een catastrofe, en daarna heeft hij nooit meer iets gemaakt. Tot zijn pensioen heeft hij tot zijn nek in de schulden als hoofddocent in deeltijd aan de filmacademie gewerkt en een paar zwakbegaafde studenten leren monteren.*' Brooks nam een trek. '*Weet je waarom hij een rechtszaak tegen me is begonnen?*'

'Beweerde hij niet dat u *Star Wars* van hem had gejat?'

'*Ja, interessante zaak, hè? Dan komt er zo'n gast uit Modesto in zijn flanellen overhemd aanzetten en beweert dat de succesvolste filmserie uit de geschiedenis oorspronkelijk zijn idee was en niet het mijne, al kon ik volkomen waterdicht bewijzen dat ik hem nooit had ontmoet en dat verhaal al jaren vóór hem heb bedacht. Maar als hij nu eens gelijk had? Als hij het weliswaar voor de rechter niet kon bewijzen, maar toch gelijk had?*' Brooks keek naar het verraste gezicht van de journalist en zette de recorder uit. '*Wil je een verhaal horen dat je niet voor mogelijk houdt?*'

'Natuurlijk.'

'*Dit wordt mijn laatste scenario.*' Brooks haalde een ingebonden document uit zijn bureaula. '*Of, zo je wilt, misschien het eerste goede dat ik zelf heb geschreven.*' Winkler stak er zijn hand naar uit. 'DE LIFT' stond op het omslag. Een synopsis, een in zeven pagina's in grote trekken beschreven verhaallijn. Geïnteresseerd bladerde hij het door en een paar keer lachte hij fijntjes.

'*Stel je dit eens voor als voltooid script. Ik zal de broertjes Coen of Spike Jonze vragen of die er iets waanzinnigs van willen maken. Wat vind je ervan?*'

'Interessante aanzet.' Winkler legde de synopsis op het bureau. 'Een beetje meta, zoals *Being John Malkovich*. Een groteske?'

'*Vanuit jouw standpunt bezien wel. Vanuit het mijne is het de waarheid. Mijn biecht.*'

'Hoe moet ik me dat voorstellen?' Winkler keek geamuseerd, maar ook wantrouwig, alsof hij vermoedde dat hij zo meteen grandioos in de maling zou worden genomen.

Dan werd het dus tijd om hem nog onzekerder te maken.

'*Geloof je in tijdreizen?*' vroeg Brooks.

'Bedoelt u in uw synopsis, of...'

'*In het echt. Geloof je daarin?*'

Winkler fronste zijn wenkbrauwen en wist even niet

wat hij daarop moest antwoorden. Brooks moest glimlachen om zijn te verwachtingsvolle gezicht. Hij leunde weer achterover en nam nog een trek. Toen begon hij te vertellen.

'Ik persoonlijk heb nooit in tijdreizen geloofd,' zei Brooks. *'Maar ik werd ertoe gedwongen... Ik weet wat er in je documentatie staat: Ik ben in 1946 in Queens geboren, buitenechtelijk, vader onbekend, moeder verslaafd, als een soort wees op straat opgegroeid. Altijd van film gehouden, van verre oorden gedroomd, het meest van de ruimte. Waar ik me dan avonturen voorstelde. Goed tegen kwaad, ruimteschepen, duels met lichtzwaarden... Dat was een van de eerste romantische leugens die ik de wereld in heb geholpen.*

In werkelijkheid ben ik in 1986 geboren, hier in San Francisco. Ouders met gewone banen, een liefdevol, misschien wat eenvoudig gezin. Ik heb me bij een paar filmacademies aangemeld en werd op een academie in Portland toegelaten. Ik heb een aantal scenario's geschreven, zonder succes. De meeste ideeën die ik had bestonden al. Mijn medestudenten en ik citeerden onze helden, maar de cinema was doodgelopen op de weg van eeuwig dezelfde indiefilms en dat stompzinnige superheldengedoe. Ik stelde me vaak voor hoe het zou zijn als ik eerder geboren was en de pionierstijd van New Hollywood had meegemaakt, zoals Coppola, Lucas, Kubrick en al die anderen die de cinema voorgoed hebben veranderd.

Kortom, ik was een hopeloze nostalgicus.

Tijdens mijn studie heb ik zonder succes aan een paar gangsterfilms en sociale drama's meegewerkt en alles van mijn idolen geplagieerd, dus eigenlijk begreep ik al die afwijzingen wel. Om niet te verhongeren had ik een bijbaantje als filmrecensent. Daar was ik niet eens zo slecht in. Ik begon mensen te interviewen, schreef als ghostwriter autobiografieën van acteurs en sterren – en ik had een ironische blog over mijn leven als Star Wars-fan die in die tijd steeds populairder werd. Ten slotte kreeg ik van de agente van George Lucas het aanbod zijn biografie te schrijven. De grote Lucas, misschien wel de grootste cineast van de vorige eeuw! Ik ben toen een paar keer op bezoek geweest op zijn Skywalker Ranch.'

'Wat is dat?' vroeg Winkler, die het wonderlijke spelletje meespeelde, maar wel telkens bevreemd naar hem keek.

'*Zo noemde Lucas zijn beroemde vesting,*' zei Brooks. '*Zijn huis. Hij was een terughoudende, schuwe man die niet graag in de schijnwerpers stond en moeite had met de hype die om hem heen was ontstaan omdat hij de bedenker van Star Wars was. Als de mensen op straat tegen hem zeiden dat ze zijn films geweldig vonden, voelde hij zich altijd een tikje opgelaten en journalisten ontving hij vrijwel nooit. De eerste keer dat ik hem ontmoette stond het zweet me in de handen en had ik het stikbenauwd. De grote George Lucas praatte met me! Decennialang de alleenheerser over het grootste filmimperium aller tijden! En* niet alleen dat, maar hij was ook nog eens enorm sympathiek; hij opende zijn archief voor me en gunde me een uniek inkijkje in zijn documenten. Ik was eind twintig en zijn biografie was mijn doorbraak.

De maanden daarna wroette ik in zijn leven. Wat me nog het meest verbaasde was dat Star Wars zo toevallig is ontstaan. George Lucas had altijd al een Space Opera willen maken, maar de eerste scenario's waren tenenkrommend, bijna belachelijk. Zo wist hij een hele tijd zelf nog niet wat The Force precies was. In zijn eerste idee voedde die zich uit een kristal, de lichte kant heette Ashla, de duistere Bogan. Het verwarde verhaal had bijna niets met de latere versie te maken en ook de hoofdpersonen waren totaal anders; Han Solo was een alien met een groene huid, Luke Skywalker was een oude man die af en toe in een vrouw veranderde en Darth Vader was een gewone generaal. En weet je hoe hij bijvoorbeeld op dat iconische zwarte masker is gekomen?'

'Nou?'

'Zijn ontwerper, Ralph McQuarry, had het idee dat Vader net uit de ruimte kwam, dus maakte hij een donker zuurstofmasker voor hem. En het beroemde vader-zoonconflict? Dat had ook uit de strips van Jack Kirby kunnen komen, waarin de held Orion de zoon van de donker geklede tiran Darkseid is. Interessante naam trouwens... Bij mijn research werd me dus steeds duidelijker op hoeveel toevalligheden de beroemdste filmserie aller tijden gebaseerd was.

Het is mogelijk dat ik dat in mijn biografie te veel heb benadrukt. In elk geval duurde het weken voordat ik een reactie op mijn eerste concept kreeg, en toen werd ik met een simpel briefje ontslagen.

Ik heb herhaaldelijk geprobeerd hem telefonisch te bereiken, maar vergeefs, en in mijn wanhoop reed ik uiteindelijk nog een laatste keer naar de Skywalker Ranch.

'Meneer Lucas, alstublieft!' riep ik. Hij reageerde niet. De vriendelijkheid waarmee hij me nog maar een paar maanden geleden had ontvangen was helemaal verdwenen. Ik kwam dichterbij en praatte op hem in, maar hij luisterde nauwelijks.

'Ik heb deze opdracht nodig,' zei ik telkens weer. 'Ik kan alles herschrijven, zeg maar hoe u het wilt!'

Lucas reageerde niet, hij vond het duidelijk vervelend, en toen werd ik door zijn beveiligers afgevoerd. Hij keek me na als een koning, die licht geïrriteerd maar niet ontevreden toekijkt terwijl een dronken bedelaar uit zijn paleis wordt verwijderd.

Wat ik nog wel kreeg was een laatste miezerige cheque die nauwelijks de onkosten dekte die ik de afgelopen maanden had gemaakt. Voor de biografie van Lucas had ik verschillende lucratieve interviews afgezegd en mijn baan bij de krant opgezegd, en nu werkten er nieuwe collega's. Ik lag eruit, ik zat financieel aan de grond en mijn kinderachtige haat voor George Lucas werd steeds groter. Pas jaren later begon me te dagen dat de biografie misschien wel slecht geschreven was, of misschien wilde hij na zijn plotselinge verkoop aan Disney de openbaarheid mijden en lag het helemaal niet aan mij.

Maar in die tijd gaf ik hem er persoonlijk de schuld van. Ik raakte zo verbitterd dat mijn vriendin me dumpte. Ze had geen trek meer in een relatie met een eeuwig onvolwassen filmnerd zonder succes. Des te beter, want nu had ik eindelijk meer tijd voor mijn hobby: urenlang achter de computer zitten en haatteksten schrijven: dat George Lucas helemaal niet de ware schepper van Star Wars *was, maar alleen de mazzel had gehad op het juiste moment op de juiste plek te zijn. Maar hoe dan ook, ik leefde nu eenmaal in een wereld waarin George de grootste was en ik helemaal niemand.*

Er kwam een moment dat ik zo blut was dat ik weer bij mijn ouders moest gaan wonen. Op mijn negenentwintigste! Glory days. Het toppunt van vernedering was dat ze eisten dat ik het eerste het beste baantje aannam, en zo werd ik pizzakoerier. Kun je het je voorstellen? Ik was... Waarom lach je?'

'Sorry,' zei Winkler. 'Maar ik ben echt onder de indruk, u zit helemaal in uw rol. U hebt zoveel research over die George Lucas gedaan, u hebt er echt werk van gemaakt. Het lijkt bijna echt, zoals u over hem vertelt.'

'Het is *echt. Je hebt geen idee hoe beroemd die man was. En later ook berucht. Maar goed, ik werkte dus als pizzakoerier, schreef oninteressante scenario's en had me er eigenlijk allang bij neergelegd dat ik in mijn leven weinig tot niets zou bereiken. Totdat op een dag die vreemde bestelling binnenkwam die alles zou veranderen.'*

Hij laste een effectvolle pauze in en Winkler keek hem gespannen en vol aandacht aan. Dat had Brooks als jongen al gefascineerd aan verhalen: hoe krankzinnig ze ook waren, er kwam altijd een punt waarop je je toehoorders te pakken had.

'Ik moest in Regent Street twee pizza's salami bezorgen,' zei hij. 'In een oud fabrieksgebouw in het centrum. Er zat een merkwaardig briefje bij de bestelling: ik moest met de lift naar de derde verdieping, maar – en dat was onderstreept – ik mocht in geen geval op de knop daarboven drukken. Dat vond ik zo lachwekkend dat ik er zelfs een vrij goed humeur van kreeg. Ik moest en zou de klant vragen waarom dat er zo nodig bij moest. Toen ik bij de fabriek aankwam, leek die verlaten en er waren twee ramen ingeslagen. Pas toen kon ik me wel voor mijn kop slaan dat ik niet eerder had begrepen dat ik in de maling werd genomen. Waarschijnlijk een streek van een paar jongens. Maar de eerste regel van de pizzeria luidde: altijd aanbellen. Ik pakte dus de twee dozen en ging naar binnen. Daar was inderdaad een lift. Uit de verte leek hij defect, maar toen ik erin stapte, leek hij het wel te doen, het licht was aan. En nu komt het: er zaten inderdaad vijf knoppen op het paneel. Een voor parterre, een voor de eerste verdieping, een voor de tweede en een voor de derde – en dan nog een veel grotere blauwe knop bovenaan. In plaats van de verdieping stond er alleen '1973'. Er hing een bordje naast: HET DRUKKEN OP DEZE KNOP KAN TOT ERNSTIGE PROBLEMEN

IN HET RUIMTE-TIJDCONTINUÜM LEIDEN EN DIENT
DERHALVE ACHTERWEGE TE WORDEN GELATEN.'

'En natuurlijk hebt u er toch op gedrukt?'

'Nou en of ik erop heb gedrukt. Natuurlijk gebeurde er in
eerste instantie niets. Ik moest om de situatie lachen en
draaide me om, want ik had ergens het gevoel dat ik werd
gefilmd. Nu heb ik het voor elkaar, hoor, dacht ik, de
sukkel heeft echt op die knop gedrukt. Maar voordat ik
begreep wat er gebeurde ging ineens de deur dicht. De lift
begon te schudden en te schokken en het licht ging uit.
Weer een schok. Ik riep een paar keer om hulp, eerst
kwaad en toen toch een beetje bang. Niets. Stilte. Ineens
voelde ik een harde schok en daarna werd ik tegen de
grond gedrukt alsof de lift op het punt stond met krankzinnige snelheid door het dak te schieten. De duisternis
maakte plaats voor een schel, helder licht, dat toen weer in
duisternis overging. Ik zat ineengedoken en met dichte
ogen op de grond. Ik denk dat het ongeveer zo voelt als je
doodgaat – op die lucht van pizza salami na misschien.

Ineens kwam de lift tot stilstand en het licht ging weer
aan. Ik stond op. Het eerste wat me opviel was dat er nog
maar vier knoppen op het paneel zaten: parterre, eerste
verdieping, tweede verdieping en derde verdieping.

De omineuze vijfde knop was verdwenen.

De deur ging open en ik zag tot mijn verbazing dat het
hele gebouw gerenoveerd was. Zo te zien was het een dassenfabriek. De mensen keken me nogal bevreemd aan
toen ik geschrokken met die twee pizzadozen de lift uit

kwam. Maar zij zagen er in mijn ogen ook vreemd uit. Hun kleren, hun haar, de inrichting: alles was in de stijl van de jaren zeventig zoals ik die uit de films kende. Inmiddels wist ik vrijwel zeker dat ik in een tv-programma zat, maar ik was wel verbaasd dat ze het decor zo snel hadden veranderd. Nou, goed, dacht ik, dan speel ik dat domme spelletje wel weer mee.

Zonder om te kijken liep ik het gebouw uit; ik wilde niet laten merken hoe verrast ik was. Toen ik buiten was, hapte ik toch even naar adem: de hele omgeving was veranderd en mijn auto was verdwenen. Er stonden alleen oldtimers met een heel stel jongeren erbij, ook weer in die waanzinnige jaren-zeventig-outfits. Voor een sketch vond ik het er inmiddels vrij echt uitzien. Griezelig echt. Ik besloot een taxi te nemen en naar huis te gaan, naar mijn ouders, maar dat hele huis bleek nog niet te bestaan. Uiteindelijk heb ik maar een hotelkamer genomen, waar ik me een stuk in mijn kraag heb gedronken en op bed ben geploft. Dat alles nog steeds in de hoop dat ik weer in het heden wakker zou worden. Maar nee.

Het bleef onverbiddelijk 1973.

De daaropvolgende dagen probeerde ik met de lift terug te gaan naar de toekomst, maar zonder die vijfde knop ging dat niet. Stel je mijn situatie eens voor, ik had het gevoel dat mijn hoofd uit elkaar klapte. Wanhopig beukte ik tegen de wanden van de lift, totdat iemand van de dassenfabriek de politie belde en ik werd gearresteerd. En ik geef toe dat ik misschien ook wel dronken was. *Maar op het bureau constateerden ze tot hun verbazing dat ik officieel helemaal niet bestond. Mijn echte ID uit de toekomst zagen ze voor een vervalsing aan en ze lachten me uit om de geboortedatum. Maar als ik ik niet was, wie was ik dan in 's hemelsnaam wél?*

Ten slotte heb ik maar een wild verhaal verzonnen over een drugsverslaafde moeder; ik was op straat opgegroeid, had nog nooit een identiteitsbewijs bezeten en had me uit schaamte nooit bij een instantie gemeld. Kortom, het hele David-Copperfield-kletsverhaal dat jij nu als mijn biografie kent. Na veel gedoe kreeg ik toch eindelijk identiteitspapieren. Ik werd vrijgelaten, maar zat nog steeds gevangen in dat vervloekte 1973. Realistisch gezien waren er drie mogelijkheden: ik was gek geworden, ik was aan gene zijde dan wel in een lucide coma geraakt, óf ik was met die lift werkelijk in het verleden terechtgekomen. *Maar misschien ook wel alle drie tegelijk. Hoe dan ook, ik was in een tamelijk fucked-up San Francisco beland, in de tijd van Nixon, zonder vrienden of familie, mijn ouders kenden elkaar nog niet eens. Ik was vrij, op een manier die ik nooit had kunnen dromen.*

De eerste weken was ik nog als verlamd en leefde versuft en bij de dag, had baantjes in kroegen en wilde de situatie gewoon niet accepteren. Maar geleidelijk wende ik aan mijn nieuwe werkelijkheid. Mijn haar werd langer, ik droeg broeken met wijde pijpen en gebloemde overhemden, die ik ineens helemaal niet meer zo lelijk vond, en uit-

*eindelijk kreeg ik zelfs een baan in de dassenfabriek, waar
ze me mijn uitbarsting in de lift hadden vergeven. Ik werkte op de afdeling verkoop, reed elke dag naar kantoor en
kon zelfs heel goed met mijn collega's opschieten. Eerlijk
gezegd was ik hier veel minder een loser dan in de toekomst, en soms was ik misschien zelfs wel heel gelukkig. In
het begin controleerde ik nog elke dag de knoppen in de
lift, later niet meer.*

*En misschien zou het allemaal wel zo door zijn gegaan,
dag in dag uit, als ik niet op een dag een nieuwe collega uit
Vermont had gekregen die Luke Bradshaw heette. Leuke
gast, we hadden meteen een klik. Normaal ben ik niet zo
van de grappen, maar hij lokte het gewoon uit. En toen hij
zei dat ik dezelfde afschuwelijke jasjes droeg als zijn vader,
kreeg ik een kinderlijke inval: ik deed een rochelende
ademhaling na en zei met holle stem in het koffiebekertje
in mijn hand:* 'Luke, I am your father.' *De flauwste grap
van de wereld, oké, maar ik geloof dat iedereen hem weleens heeft gemaakt.*

Maar Luke snapte hem niet.

*Hij grijnsde weliswaar beleefd, maar ik zag dat hij er
niets van begreep.* 'Hoe bedoel je?' *vroeg hij ten slotte. Ik
wilde het al uitleggen, maar toen bedacht ik: natuurlijk,
we leven in een wereld die* Star Wars *nog niet kent. Het
was pas juni 1973, het zou nog vier volle jaren duren voordat het eerste deel uitkwam. Hoe gek het ook klinkt, tot
dan toe was ik – misschien ook door de schok – nog niet
op het idee gekomen munt uit mijn afkomst te slaan.*

Maar daarna kon ik nergens anders meer aan denken. Politieke ontwikkelingen, Facebook, internet, sportprestaties, de grote hits, Apple, Google. Ik was gezegend met kennis waarmee alleen een volslagen idioot niet zou kunnen opklimmen tot een van de rijkste mensen van de planeet. Maar ik was geen wereldverbeteraar. Ten eerste wist ik dat er geen kernaanval hoefde te worden voorkomen en ten tweede had ik überhaupt nooit zoveel belangstelling voor politiek gehad. Het enige waar ik al sinds mijn vroegste jeugd voor warmliep was film. En nu kon ik de classics maken waar ikzelf zo van hield, en dat zelfs voordat de oorspronkelijke makers ermee kwamen. Ik was in het fucking El Dorado terechtgekomen. Je zou ook kunnen zeggen dat ik in de toekomst misschien maar een middelmatige plagiaris was, maar hier in het verleden kon ik pionier zijn en de grootste worden. Ik moest alleen kunnen zwijgen. En bereid zijn mijn helden te bedriegen, de een na de ander.

Zoals ik al zei besloot ik van meet af aan zo weinig mogelijk in de geschiedenis in te grijpen. Iedereen heeft weleens van het vlindereffect gehoord en ik wilde niet het risico lopen dat door mijn ingrijpen vijf jaar later toch nog een kernraket zou worden afgevuurd of mijn ouders elkaar niet zouden ontmoeten. En hoewel ik door Star Wars *op het idee kwam dat ik in het verleden een klein godje kon worden, leek het me in eerste instantie onmogelijk zelf die geweldige filmserie te beginnen.*

Ik wilde dus eerst een van de bekendste Vietnamfilms na-

maken, of liever gezegd voormaken, want daar vroeg de geladen politieke situatie om. Er waren wel twee problemen. Ten eerste was ik in die tijd niemand en had ik niet eens op de filmacademie gezeten, dus ik kende ook niemand. Ten tweede had ik de meeste Vietnamfilms in mijn jeugd maar één keer gezien en was ik veel vergeten. Iedereen kent de zin 'I love the smell of napalm in the morning' en die werkte natuurlijk altijd, maar hoe ging het verder ook weer precies? En toen kwam hartje zomer 1973 American Graffiti *uit, de grote doorbraak van George Lucas.*

Iedereen vond het een geweldige film, de drive-inbioscopen hier in San Francisco waren dagelijks uitverkocht en ik las overal interviews met hem. In een daarvan vertelde hij ook over het 'ruimtedingetje' waar hij hierna aan wilde werken. Ik zat op dat moment op mijn muffe kantoortje in de dassenfabriek en plotseling laaide de woede weer in me op. Zoals hij me als biograaf had ontslagen en zijn huis uit had laten gooien. Het gevoel dat hij al die levenslange lof voor zijn werk, dat van toevalligheden aan elkaar hing, niet verdiende.

Het was een warme dag, ik ging wat vroeger weg dan anders en liep door de broeierige stad. Een ruimtedingetje... *Eerst durfde ik er niet aan te denken, maar er kwam een moment waarop ik het duidelijk voor me zag. Ik kon zelf degene worden die* Star Wars *had bedacht. Niet Lucas, maar ik. Ik wist tenslotte dat hij nu, in 1973, nog niet veel meer had dan wat absurde aanzetjes voor een scena-*

rio. Hij was nog mijlenver van de latere bioscoopversie verwijderd, ik kon hem nog inhalen. Ik moest alleen sneller zijn met hetzelfde idee.

Het was dus een simpel rekensommetje: we hadden allebei vier jaar de tijd om die film voor begin 1977 af te krijgen.

George' voordeel: hij had het beste netwerk, gold als dé regisseur van het moment, was bevriend met Coppola en Spielberg en was de ware schepper van dat universum. Ikzelf kende helemaal niemand en had ook geen geld.

Maar ik had ook een niet onaanzienlijk voordeel: anders dan hij had ik de voltooide film al gezien. Dat was zo'n krankzinnige, bedwelmende gedachte dat ik hem steeds weer wegwuifde, maar vooral de eerste trilogie kende ik van achteren naar voren uit mijn hoofd, bijna alle teksten. Natuurlijk sprak ook mijn geweten destijds mee: wat moest er dan van George Lucas terechtkomen, mocht ik hem wel zo bestelen? Door zijn toedoen was ik weliswaar in de toekomst blut en depressief geweest, maar toch... moest ik hem daarom maar meteen zijn hele filmserie afpakken? Aan de andere kant was hij ook maar een dief en dat wist niemand beter dan ik, die maandenlang zijn archief had bestudeerd. Star Wars was en is niets meer of minder dan een Best-of-compilatie van al bestaande films en romans, een scheutje Kurosawa, Flash Gordon, Lord of the Rings en de mythologie. Een uitspraak uit The Hobbit had hij in een van zijn scenario's Obi-Wan zelfs letterlijk in de mond gelegd, al heeft hij hem er vanwege de grote bekendheid van het boek na Tolkiens dood *weer uit moeten halen. Lucas had er nooit een geheim van gemaakt dat hij overal iets van zijn gading vond, onder het motto: die dingen zijn nooit allemaal bij elkaar in één film op het witte doek te zien geweest. De eerste die zoiets probeerde zou een held zijn, maar de tweede was al een idioot. Ik moest hem dus absoluut voor zijn, zodat hij in de wedloop naar de Noordpool niet meer Amundsen zou zijn, maar Scott. En anders had hij nog altijd zijn* Indiana Jones, *hield ik mezelf voor.'*

'Zijn wát?' vroeg Winkler.

'Daar kom ik nog op. Maar voordat ik aan de slag ging, had ik in elk geval dringend geld nodig. Het startschot was al gelost, want ook toen al spookte zijn idee onder de naam The Star Wars *door de studio's rond en er lag al een synopsis bij* Universal. *Om het zekere voor het onzekere te nemen werkte ik de rest van de zomer en het hele najaar van 1973 aan mijn eigen scenario voor* Star Wars, *zo getrouw mogelijk aan het origineel. Ik stuurde het aan talloze agentschappen en studio's. Natuurlijk kreeg ik alleen maar afwijzingen en zelden toonde iemand ook maar de minste belangstelling. In die tijd was de sciencefiction als genre zo goed als dood, ondanks* Planet of the Apes *en* 2001. *Niemand wilde er veel geld in steken, maar voor de special effects was dat wel dringend nodig. Met dat soort tegenslagen had ik rekening gehouden, ik vond het niet erg, want ik zou nu in elk geval kunnen aantonen dat ik al in 1973 op het idee van* Star Wars *was gekomen zonder dat ik Lucas ooit had ontmoet.*

Daarna begon ik zogenaamde eerste schetsen te teke-
nen. Darth Vader hier, Wookiees daar, een eerste ontwerp
voor de Death Star en de Millennium Falcon. Al snel stond
ik op kantoor bekend als de fantast die in de pauze storm-
troepen en lichtzwaarden tekende. Mooi. Hoe meer ze me
als een nerd zagen, hoe beter. Ik vertelde aan iedereen dat
ik een ruimte-epos wilde maken en vermeldde allerlei de-
tails. 'Net zoiets als Star Trek,*' zei ik als de mensen me ver-*
wonderd aankeken.

Helaas kreeg George niets van mijn werk mee. Als hij
toen al van mijn uitgewerkte script had gehoord, dan had
hij zijn idee misschien ontmoedigd opgegeven of radicaal
herschreven en nog vreemder gemaakt. Maar na het enor-
me succes van American Graffiti *had hij een groot voor-*
schot gekregen voor het script en de regie van The Star
Wars *en hij ging voortvarend aan de slag. En inderdaad,*
ook de daaropvolgende maanden heeft niemand van de
studio's gezegd: 'Hé George, er is ene Adrian Brooks met
net zoiets bezig, zelfs de titel is bijna hetzelfde.' Het pro-
bleem was dus dat Lucas nu met elke versie en elke maand
dichter bij mijn script kwam. Ik had dringend geld nodig
om eindelijk de financiering rond te krijgen en een eigen
filmstudio op te richten. Ik had het geluk dat ik een paar
sportuitslagen uit die tijd uit mijn hoofd wist, bijvoorbeeld
dat de Oakland A's de World Series honkbal zouden win-
nen, dus won ik vaak weddenschappen en zo kwam ik aan
mijn eerste startkapitaal.'

Winkler grijnsde. 'Dat doet me denken aan een andere film van u, *Back to the Future II*, met die almanak met alle sportuitslagen.'

'*Daar heb ik dat idee waarschijnlijk ook vandaan,*' zei Brooks peinzend en zonder te glimlachen. '*Alleen was die film oorspronkelijk niet van mij, maar van Robert Zemeckis. Hoe dan ook, ik had een aardig bedrag bij elkaar, maar natuurlijk niet genoeg om* Star Wars *te maken. Daarom richtte ik eerst mijn bedrijf* B-Movies *op en werd daarmee medefinancier van films die in 1974 grote successen zouden worden, waaronder* Young Frankenstein, Blazing Saddles, Towering Inferno *en* Chinatown. *Ik wist altijd hoe het zou gaan en het was niet moeilijk om in te stappen, want iedereen had geld nodig en die films leken nog geen gegarandeerde blockbusters. Veel producenten hadden met financiële problemen te kampen en zochten handenwringend naar nieuwe investeerders. Ik vroeg altijd een aandeel in de winst en vooral van* Towering Inferno *ben ik rijk geworden. Negentigduizend dollar geïnvesteerd en een vermogen verdiend. Eind 1974 had mijn bedrijf door mijn geheime voorkennis al een miljoenenkapitaal. Ik was net eenendertig en een hotshot in de filmindustrie, en ik weet niet wat jij zou hebben gedaan, maar ik haalde eruit wat erin zat.*

Bijna elke dag reed ik met mijn Dodge naar een feestje in de Hollywood Hills of in Laurel Canyon, ik heb de wildste excessen van kunstenaars, schrijvers en muzikanten meegemaakt en keek eerst mijn ogen uit, maar deed toen zelf mee, of ik ging trippen en beleefde dingen die nog krank-

zinniger waren dan de films die ik wilde maken. Die nach-
ten waren mateloos, ze stonden blauw van de sigarenrook
en smaakten naar de heerlijkste whisky's, en altijd was er
wel een of andere freak die over zijn nieuwste ideeën vertel-
de en zeker wist dat hij the next big thing *te pakken had.*
Je had toen nog niet van die klassieke blockbusters en iets
als Taxi Driver *maakte net zoveel kans op een megasuc-*
ces als een grote studiofilm. New Hollywood begon in die
tijd net de logge oude structuren te doorbreken, het land
was de oorlog moe en de mensen vierden feest om te verge-
ten. Op die feesten kwam ik veel van mijn oude helden te-
gen, maar dan jong en wild, toen ze er armoedig bij liepen
en meestal zelf geen idee hadden waar het allemaal toe
zou leiden. Verbijsterende schoonheden die ik vroeger in
klassieke films had bewonderd, streken met hun vingers
door mijn haar en flirtten met me. We vierden feest, we
neukten en op de achtergrond speelde The Band, *de kur-*
ken knalden, er werden lijntjes gesnoven en de mensen
sprongen in het zwembad of discussieerden over de manie-
ren waarop ze de wereld gingen veranderen. Gatsby was er
een lulletje rozenwater bij.

George Lucas ontbrak op de meeste feesten. Hij gebruik-
te niets: geen drugs, geen alcohol, hij rookte niet eens. Hij
werkte liever onverstoorbaar verder aan de tweede versie
van zijn script, noemde de duistere kant van The Force
nog steeds Bogan en zijn hoofdpersonage Annikin Starkil-
ler. Maar de tijd begon te dringen, want hij kwam steeds
dichter bij het juiste spoor.

Mijn plan bestond eruit hem geleidelijk de sleutelfiguren

voor zijn succes af te snoepen. Dat waren er vier: Ralph McQuarry, de ontwerper die het verhaal met zijn visie op de Droids, de personages en de sets als eerste tot leven wekte, Charley Lippincott, die het doodverklaarde scifi-genre met een geniale undergroundcampagne onder jongeren en nerds weer op de kaart zette, Steven Spielberg, die ik als regisseur wilde, en last but not least de nummer vier, John Williams, die de muziek componeerde, 'de zuurstof van de Star Wars-films', zoals wel werd gezegd. Die vier mensen had ik nodig. Verder wilde ik Lucas definitief buiten gevecht stellen door me op een feest in zijn gezelschap te laten zien terwijl ik mijn plannen voor een ruimtefilm ontvouwde. Ik zocht de confrontatie en hoe sneller die kwam, hoe meer ik in het voordeel zou zijn.

Mijn succes als producent leverde me mijn eerste interview in de San Francisco Chronicle *op, waarin ik meteen over voornoemde film begon en vertelde dat ik me als straatkind altijd had voorgesteld dat ik naar de ruimte vluchtte en daar avonturen beleefde. Ik gaf ook vrij expliciete details over Darth Vader, het concept van* The Force *en de* Jedi. Take that, George! *Door dat interview van 26 november 1974 was ik later bij de rechtszaak ook vrijwel immuun voor Lucas' aantijgingen. Ja, de namen waren inderdaad aanwijsbaar vergelijkbaar of zelfs identiek, maar veel daarvan waren bij hem nog maar heel vaag en bij mij hadden ze al hun definitieve vorm, en bovendien stond alles zwart-op-wit.*

Het eerste contact was met Steven Spielberg. Die stond toen al bekend als een uitgesproken talent en zijn film Duel *was een* succès d'estime. *Toch moest zijn grote doorbraak nog komen. Hij draaide op dat moment* Jaws, *waarvan nog helemaal niet vaststond dat hij zou aanslaan, het kon ook nog best een B-film worden. Ik had het geluk dat het allesbehalve soepel verliep. In plaats van 52 draaidagen, zoals gepland, werden het er 155, en met die mechanische haai wilde het maar niet lukken. In mijn alternatieve werkelijkheid was dat de redding van de film, want daardoor werd Steven gedwongen de haai vrijwel niet te laten zien, wat hem des te angstaanjagender maakte. Maar dat wist hij toen nog niet, dus ik speculeerde erop dat hij in die fase niets liever wilde dan die stomme mechanische haai goed laten zien.*

Het budget was al helemaal op toen ik mezelf tegen een klein aandeel in de winst als medefinancier aanbood, gewoon omdat ik in hem als jonge regisseur geloofde en sinds Duel *en* Sugarland Express *groot fan was. Steven ging meteen akkoord, hij voelde zich natuurlijk ook gevleid. Ik was bang dat door die deal het hele script anders zou uitpakken, zodat de eerste zomerblockbuster van de filmgeschiedenis er niet zou komen. Maar ook in de uiteindelijke versie was de film een geweldig succes, al was de haai iets vaker te zien. Uiteindelijk maakte het helemaal niets uit, haai of geen haai, de mensen vonden het toch wel prachtig.*

Ik raakte met Steven bevriend, wat door het succes na-

tuurlijk vrij makkelijk ging. We lunchten vaak samen en natuurlijk was ik ook bereid zijn volgende film mee te financieren. Tijdens het draaien daarvan vertelde ik hem ook over mijn ruimte-idee, waarvoor ik nog een regisseur zocht. Ik stuurde hem mijn script. Steven las het en de volgende keer dat we elkaar zagen wist ik dat er iets heel erg mis was gegaan. Hij keek ineens dodelijk ernstig, bijna vijandig.

'Ken je George?' vroeg hij.

Ik antwoordde ontkennend.

'George Lucas?' drong hij aan.

Nu speelde ik argeloze herkenning. 'O ja, die. Van American Graffiti. Hoezo?'

'Hij spoort niet helemaal, maar hij werkt momenteel aan iets wat hier heel sterk op lijkt, jullie moeten eens kennismaken.'

Ik voelde een koude rilling over mijn rug lopen. Alsof ik op liegen was betrapt. Maar ik moest cool blijven, want in deze wereld kón ik helemaal geen leugenaar zijn – en ik kon niet terug naar die andere.

'Ongelooflijk,' zei ik dus alleen.

Steven besloot me voor een feest uit te nodigen waar George bij hoge uitzondering naartoe zou gaan. Ik was de hele dag zenuwachtig. Iedereen zou er zijn, ook mensen zoals Brian de Palma, de charismatische Francis Ford Coppola en nog meer van mijn toekomstige slachtoffers. Ze hadden geen idee wie ze in huis hadden gehaald.

Tegen negenen stond ik met een glas in mijn hand op de

veranda naar de hartstochtelijk debatterende mensen in de tuin te kijken. *Een mooi gezicht; ik werd er meteen rustig van, want als die zogenaamde 'droomfabriek' werkelijk bestond, dan was het op zulke avonden. Inmiddels had ik, zoals ik al zei, een zekere reputatie en ik had zojuist* One Flew Over the Cuckoo's Nest *gefinancierd. Jack kwam dan ook als eerste naar me toe om me te omhelzen. Hij had een shotje gezet en ratelde maar door over een Indiaas tapijt dat hij wilde kopen. Ik keek de hele tijd met een half oog naar Steven, die met George ietwat afzijdig stond, en zij keken telkens naar mij. Uiteindelijk droeg ik Jack over aan een jonge actrice en liep naar hen toe.*

De sfeer was op zijn zachtst gezegd ijzig. Ik had me niet gerealiseerd dat ze zo goed bevriend waren en dat George al zo ver was met zijn script. Hij lag weliswaar nog een versie op me achter, maar het moest voor Steven al volkomen duidelijk zijn dat hier twee keer dezelfde film zou worden gemaakt.

Toen ik tegenover George stond, viel me tot mijn verbazing op hoe jong hij nog was. Een baardige, broodmagere gast, kort voor zijn grote doorbraak. Deze man had nog een enorme honger naar erkenning. Hij noemde het schrijven aan een script bloeden, *en dat jaar had hij hevig gebloed. Alles met het dwingende gevoel dat hij binnenkort geschiedenis ging schrijven. En nu, zo dicht bij zijn doel, kwam er ineens een jonge producent uit het niets die hem met een vrijwel identiek idee dreigde in te halen.*

Het opvallendste aan George was dat hij toen al net zo verlegen en terughoudend was als decennia later op zijn Skywalker Ranch. Hij keek me niet recht aan en toch had ik de hele tijd het gevoel dat hij me in de gaten hield.

'Ik heb hem over jouw script verteld,' zei Steven.

'O,' zei ik.

'Zoals gezegd werkt George al jaren aan deze materie en nu vragen we ons dus af hoe het mogelijk is dat jullie personages voor een deel zelfs vrijwel identieke namen hebben.'

Even tussendoor: natuurlijk had ik wel overwogen alle namen te veranderen. Maar dat wilde ik niet. Stel je voor dat Darth Vader anders had geheten. Of dat de serie een andere titel had gehad dan Star Wars. *Wat me nog erger leek dan Lucas zijn kindje af te pakken: de films van me vervreemden en mijn liefde ervoor kapotmaken. Ik zette dus alles op één kaart.*

'Dat moet je me eens precies uitleggen,' zei ik alleen.

Steven beschreef George' laatste versie en gaf alle overeenkomsten aan. Ik deed alsof ik geschokt was en hield me koppig aan alles wat ik in het interview met de Chronicle *had gezegd, compleet met het sprookje dat ik het idee al had toen ik als kind op straat opgroeide enzovoort. Het verbijstert me nog steeds dat zoveel mensen dat romantische verhaaltje voor zoete koek slikten. En nu komt het: Spielberg was, net zoals de rechtbank later, verrast door het interview en voelde zich heen en weer geslingerd tussen George en mij, maar Lucas doorzag me meteen. Ik* weet niet hoe, misschien was het de instinctieve zekerheid die de ware schepper kenmerkt, maar hij siste me woedend toe: 'Jij hebt mijn idee gestolen.'

Even was het stil. Steven keek ons beurtelings onzeker aan. 'George, dat kun je toch niet weten.'

Maar nu priemde hij met zijn wijsvinger naar mij en herhaalde: 'Hij heeft mijn idee gestolen.'

Daar moest ik even van bijkomen. Ze mochten in geen geval merken dat hij me had betrapt. 'Geen idee hoe je daarbij komt,' zei ik koel. 'Maar ik vraag me af hoe jij aan al je ideeën komt. Ik heb mijn script al twee jaar geleden aan verschillende studio's gestuurd, dat is makkelijk na te gaan. En dit tekende ik als kind al...'

Ik pakte mijn schetsboek met mijn schetsen van Darth Vader. Dat was mijn meesterzet. Het uiterlijk van het personage was namelijk toeval, zoals ik al zei, en het was niet afkomstig van George zelf, maar van zijn ontwerper, McQuarry. Toen ik dus de schetsen van de slechterik liet zien, daar op dat Hollywoodfeest met livemuziek van Isaac Hayes, werd zelfs de grote schepper van Star Wars weer even een kind en was hij werkelijk aangedaan. En hoe kon het ook anders, want nu zag hij na al die jaren piekeren eindelijk zijn personage zoals de hele wereld het later zou zien. Hij zag meteen de genialiteit van het ontwerp en kon een paar seconden geen woord uitbrengen. Maar veel belangrijker was dat ik Spielberg had overtuigd. Hij was erbij toen die iconische, duistere, rochelende figuur voor het eerst het levenslicht zag, en de tekenaar was over-

duidelijk de aankomende jonge producent en schrijver Adrian Brooks en niet zijn vriend George Lucas. Daarmee was in elk geval voor Steven de zaak beklonken, dat zag ik. Wat ik had onderschat was dat hij bij het proces tussen George en mij moest kiezen. Zoals te verwachten was koos hij voor mij en dat zou nog gevolgen hebben, zowel goede als slechte.

Nadat George zich een beetje van de schok van Darth Vader had hersteld, staarde hij me lang aan, en ditmaal recht in mijn ogen. Überhaupt de enige keer, voor zover ik me herinner.

Toen zei hij: 'Goed, dan daag ik je voor de rechter.'

En voordat iemand hem kon tegenhouden was hij weg. Dat kwam mij wel goed uit, want nu had ik een paar uur om Steven van mijn oprechtheid en onschuld te overtuigen en hem in één moeite door te vertellen hoe ik de film voor me zag, de waanzinnige special effects waarmee ik een revolutie in de filmgeschiedenis wilde ontketenen, de wederopstanding van het genre avonturenfilm. En hij moest hem regisseren. Het probleem was alleen dat hij eerst Close Encounters of the Third Kind *wilde draaien, waarvoor hij ook het scenario had geschreven. Het thema 'het buitenaardse op aarde' was in de jaren zeventig op zijn hoogtepunt, met overal ufo's en wat al niet, en Steven was er helemaal gek van. Het zou me maanden kosten om hem die flauwekul uit het hoofd te praten.*

We dronken gebroederlijk en praatten door tot in de kleine uurtjes, en ik zal nooit vergeten hoe ik in de ochtend-

schemering een slokje nam, uitkeek over het dal, dat door de zon wakker werd gekust, en ineens begreep dat ik het echt ging doen. Ik zou de man zijn die de hele serie tot stand bracht, ik zou filmgeschiedenis schrijven.

Mijn hand die het glas vasthield trilde.

Maar ik zei niets, terwijl Steven – die inmiddels straalbezopen was – weer doordraafde over dat ene waarvan hij werkelijk onder de indruk was geweest: dat ik als enige had begrepen hoe belangrijk de goed werkende mechanische haai voor zijn film was geweest. Dat had voor hem de doorslag gegeven, zogezegd. Ik was met hem en met mijn plannen dus op de goede weg, maar eerst moest ik me voor de rechtbank verdedigen.

Lang verhaal kort: George Lucas beschuldigde me officieel van de diefstal van zijn idee voor de film Star Wars. Dat klopte om te beginnen al niet omdat de film in zijn toenmalige voorlopige versie The Adventures of Luke Starkiller as taken from the "Journal of the Whills", Saga 1, Star Wars heette. Hij had de rechten, zoals ik al zei, oorspronkelijk onder de bescheiden titel The Star Wars aan Universal verkocht, in 1972 al. Wat dat betrof was hij me beslist voor geweest. Maar op alle andere vlakken kon ik bewijzen dat ik op hetzelfde moment of zelfs veel eerder op dezelfde ideeën was gekomen. Ja, oké, hij had ook een Luke Skywalker, maar bij hem was dat een oude man, en veel andere mensen en dingen hadden andere namen: zo heetten de lichtzwaarden of light sabers bij hem nog 'laserswords'. Bij elk idee van mij dat identiek was aan het zijne klonk mijn versie logischer en overtuigender.

Zijn advocaat stortte zich dus ook op een kwestie die bij mij onduidelijk was: mijn afkomst. Want wie was eigenlijk de jongen die nooit iemand had gezien totdat hij in het voorjaar van 1973 tierend en scheldend in de lift van een dassenfabriek stond en riep dat hij uit de toekomst kwam? Dat laatste was ik trouwens helemaal vergeten, want zoals ik al zei was ik toen dronken. In elk geval stelde Lucas' advocaat mij voor als een onbetrouwbaar type dat nooit naar school was geweest en nergens geregistreerd stond. Die zijn snor had gedrukt voor de oorlog in Vietnam. Een oplichter, een bedrieger, die uiteindelijk ook het idee voor de ruimtefilm van zijn cliënt had gestolen.

Ik moet toegeven dat het niet slecht bedacht was, maar ook nu weer vertelde ik mijn hartverscheurende verhaal over de straatjongen zonder vader die over avonturen in de ruimte droomde. Van mijn moeder – die mijn vader toen nog niet eens had ontmoet – maakte ik in mijn wanhoop een heroïnehoertje en om het nog wat dramatischer vorm te geven maakte ik van mezelf een schuwe jongen die uit angst voor een bestolen pooier annex drugsdealer altijd een ondergronds bestaan had geleid. Mijn geboorte was nooit aangegeven, dus ik had nooit een identiteitsbewijs gehad, waar ik me altijd voor had geschaamd, en pas toen ik eind twintig was had ik leren lezen en schrijven. De jury mompelde medelijdend.

Mijn collega's uit de dassenfabriek schilderden me af als

een vriendelijke dromer die in zijn vrije tijd Death Stars, *ruimteschepen en lichtzwaarden tekende. Mijn baas sprak nadrukkelijk lovende woorden en bevestigde dat ik altijd al met dat soort dingen bezig was geweest. Er kwamen ook nog beroemde mensen zoals Milos Forman, voor wie ik* One Flew Over the Cuckoo's Nest *had gefinancierd. Ook Steven verklaarde desgevraagd dat ik een visionair denker was en zijn film* Jaws *met een financiële injectie had gered. Ten slotte zei hij zowaar: 'Zonder de mechanische haai zou de film misschien nooit zoveel succes hebben gehad', of iets van die strekking.*

En natuurlijk probeerden mijn advocaten ook kanttekeningen bij Lucas' persoonlijkheid te plaatsen. Het kwam ons wel gelegen dat hij toch al iets van een oplichter had. In mijn werkelijkheid had hij na het succes van Star Wars *bijvoorbeeld opgeschept dat hij meteen negen delen had geschreven. Negen!'* Brooks *schaterde het uit. 'Allemaal verzonnen, dat zag je al aan de moeite die het schrijven van de prequel hem naderhand zou kosten. En* The Empire Strikes Back *heette aanvankelijk heel simpel* Star Wars II, *voordat hij hem op het laatste moment* Deel V *noemde. Een grapje; hij vond het gewoon een leuk idee om een groot verhaal vanuit het midden te vertellen.*

Ik probeerde tijdens het proces mijn plannen voor mogelijke vervolgfilms zo duidelijk mogelijk voor het voetlicht te brengen, want op dat gebied bleef hij nogal vaag. Weet je wat mij bij het schrijven van zijn biografie nog het meest verbaasde?'

Winkler keek hem vragend aan.

'Dat de grote Lucas bij het maken van het eerste deel waarschijnlijk zelf nog niet wist dat Darth Vader de vader van Luke Skywalker was. Niets wees daarop, daarom is die onthulling in het tweede deel ook zo verrassend. Die generaal Vader zat hem niet helemaal lekker en bij het schrijven van de vervolgfilm heeft hij er lang over zitten dubben wat hij met hem aanmoest. Wat hem ook niet helder voor ogen stond was de herkomst van Lukes vader, die, zoals in het eerste deel werd beweerd, door Darth Vader was vermoord. George' redding was het boek van Joseph Campbell, The Hero with the Thousand Faces, waarin stond: 'Elke reis van de held is een reis naar zijn vader.' Toen viel eindelijk het kwartje en vond hij het inmiddels bekende geniale antwoord op de twee open vragen waar hij nog mee zat: 'Wat doen we met Darth Vader?' en 'Wie is de vader van Luke?' Maar dat was later pas.

Ik daarentegen kon de volledige stamboom van de familie Skywalker vlekkeloos oplepelen. En ook al interesseerde mijn onthulling van de identiteit van de vader van Luke in de rechtszaal niemand – behalve George natuurlijk, die grote ogen opzette –, toch kreeg de jury de indruk dat mijn concept simpelweg het rijpste en meest afgeronde van de twee was. En zo werkte precies datgene wat het creatieve proces maakt tot wat het is en wat eigenlijk Lucas' grote voordeel was – het intuïtieve uitproberen en afschieten van ideeën en scènes, de onnavolgbare sprongen van de geniale fantasie – uiteindelijk in zijn nadeel.

Heel geleidelijk zetten we bij de verdediging de wissel om: we voerden aan dat mijn script al sinds 1973 bij verschillende studio's lag en dat het best mogelijk was dat iemand George over mijn idee had verteld. Ook dat had zichtbaar effect op de jury. En nog los van dat alles: hadden Leibniz en Newton niet gelijktijdig en onafhankelijk van elkaar de infinitesimaalrekening ontwikkeld?

Uiteindelijk werd unaniem tot vrijspraak besloten. Het enige wat ik niet mocht: de titel Star Wars *gebruiken.*

Toen het vonnis was voorgelezen leek Lucas totaal geknakt. Ik zie nog voor me hoe hij het gerechtsgebouw uit liep en buiten op het parkeerterrein met zijn vrouw en zijn vrienden, onder wie ook Francis Ford Coppola, samenzweerderig ging staan praten. Ze keken heel even mijn kant op en praatten toen weer door. Toch leek Coppola niet ontevreden. Je moet niet vergeten dat dit proces niet over de beroemdste filmserie aller tijden ging, maar over een nog niet gemaakte scifi-film die waarschijnlijk een totale flop zou worden, iets wat afgezien van een paar pubers geen hond wilde zien. Zo zagen ze het toen, dus het was geen geruchtmakend proces. Later hoorde ik van gemeenschappelijke kennissen dat Coppola en De Palma zelfs blij waren met de uitkomst. In die tijd stond hun vriend George namelijk bekend als een cineast pur sang, een wonderkind, en ze zagen met lede ogen aan dat hij ineens jaren van zijn leven wilde vergooien aan een slap space-fantasy-kinderverhaaltje dat volgens hen tot mis-

lukken gedoemd was. Nu moest hij zijn 'ruimtedingetje' op bevel van de rechter laten schieten en had hij eindelijk zijn handen vrij voor de andere film, die hij toch al zou gaan regisseren.'

'Apocalypse Now?' vroeg Winkler.

'Precies. Dat was oorspronkelijk een inktzwart meesterwerk van Coppola met veel drugs.'

'Dat meent u niet.'

'Echt wel. Lucas zou de film ook werkelijk gaan regisseren, maar vanwege Star Wars *heeft hij hem aan Coppola doorgegeven. En dat was precies de juiste persoon om de boel nog een beetje bij elkaar te houden met al die drugs, die excessen, het hartinfarct van Martin Sheen, de koppige dwarsheid van Brando, de natuurrampen en de problemen op de set – op de een of andere manier heeft hij het voor elkaar gekregen om er ondanks alles een anarchistisch meesterwerk van te maken. George daarentegen had er om onduidelijke redenen altijd een positievere film van willen maken. Acteursregie was hoe dan ook niet zijn ding, hij had meer belangstelling voor de techniek, en na de verloren rechtszaak was zijn humeur niet al te best. En zo gebeurde het onvermijdelijke: de film werd een volslagen fiasco dat Lucas uiteindelijk heeft geruïneerd. Het project liep volkomen uit de hand, de acteurs deden waar ze zin in hadden. Lucas en Coppola hadden in de jaren zestig na* Zoetrope *hun tweede gezamenlijke bedrijf opgericht en Coppola produceerde* Apocalypse Now. *Hij had het hele kapitaal dat hij met* The Godfather *had verdiend in de*

film gestoken en toen dat op was, sprong George bij met zijn geld van American Graffiti. *Het nieuwe budget werd ook weer overschreden, de ruzies van George en Brando werden steeds heftiger en uiteindelijk stapte hij op, en net als Coppola was hij voortdurend op zoek naar geld. Dat was mijn kans. Want hij had nog steeds iets wat ik wilde hebben.'*

'Wat dan?'

'Het recht om de titel te gebruiken natuurlijk! Ik ben met een advocaat naar de set op de Filippijnen gevlogen. En ik was geschokt door wat ik daar aantrof. Ik kende natuurlijk de verhalen wel die de ronde deden, maar de werkelijke omvang van de chaos overtrof alles. Afgezien van George was de hele crew aan de drugs, aan de drank of aan allebei, hijzelf had een virus opgelopen en er werd beweerd dat hij al dagen zijn bungalow niet uit was geweest en een zenuwinzinking had.

Ik vroeg een jonge figurant of hij me de weg wilde wijzen. Net als alle anderen op de set stond hij strak van de pillen, zijn haar zag eruit als een pleeborstel, hij liep zich voortdurend te krabben en leek zo gek als een deur. Maar hij bracht mijn advocaat en mij wel naar de bungalow van George.

Binnen was het donker, er hingen lakens voor de ramen, ongeveer net als in de film, alsof je bij generaal Kurtz op bezoek was. Ik was letterlijk in Heart of Darkness beland.

George herkende me eerst niet, maar toen hij zag wie ik was kwam hij overeind. 'Duivel,' zei hij en hij stak zijn wijs-

vinger naar me uit. Ik verzin dit niet, dat zei hij echt. Ook zonder drugs leek hij compleet buiten zinnen en het virus had hem duidelijk ernstig verzwakt.

Ik zette koeltjes uiteen wat ik van hem verlangde: het recht op de titel Star Wars. *Als tegenprestatie zou ik* Apocalypse Now *met een half miljoen dollar ondersteunen. George schreeuwde, tierde en weigerde. Maar zodra Coppola er lucht van kreeg, kwam hij naar ons toe. Hij had een zware bronchitis en moeite met ademhalen, maar vanwege het dreigende faillissement was hij al dagen op de been, zijn haar was te lang en hij had alleen een kanariegele linnen broek aan.*

'Een half miljoen, George,' herhaalde hij telkens. 'En dat alleen voor de titel van die belachelijke kinderfilm waar niemand op zit te wachten.'

'Natuurlijk zitten de mensen daar wel op te wachten.'

'Welnee, zelfs de studio's willen hem niet. Snap dat nou. Het was een vergissing.'

'Het was geen vergissing.'

En zo gingen ze maar door, koppig en verbitterd. In de bungalow zag je alleen Coppola's zwarte baard en zijn zwarte haar, dat als een helm om zijn hoofd zat; hij stond in het donker en ademde reutelend en langzaam, zijn van verkoudheid diepe stem vulde de ruimte. Nu eens dreigend, dan weer vol begrip of met allerlei beloften; hij probeerde op alle mogelijke manieren zijn vriend over te halen: 'Kom op, George, samen kunnen we hier nog wel wat van maken.'

146

Lucas lag zwetend op zijn bed te woelen, verzette zich en beschuldigde me weer van diefstal, maar op een gegeven moment was hij geestelijk en lichamelijk aan het eind van zijn Latijn. Hier lag hij, ver van de bewoonde wereld, doodziek, in het besef dat hij met een hopeloze zaak bezig was en op de rand van een faillissement stond. En uiteindelijk geloofde hijzelf ook niet meer in Star Wars. *Ja, misschien was het inderdaad maar een kinderfilm, moet hij op dat moment hebben gedacht, een gegarandeerde flop. De anderen hadden gelijk, het was een vergissing. Hij gaf zijn verzet op en ik had mijn titel. Achteraf heb ik begrepen dat het daarna met hem afgelopen was. Tot dan toe had hij met een haast kinderlijk plezier films gemaakt, maar op dat moment stierf het kind in hem en viel hij van zijn geloof.'*

Brooks schonk Winkler en zichzelf een glas cola light in. Zijn huishoudster klopte aan om te vragen of ze iets wilden eten, maar ze schudden allebei hun hoofd. 'En toen?' vroeg Winkler gespannen toen ze weer alleen waren.

'*Toen kon ik eindelijk mijn plannen gaan uitvoeren.*' Brooks nam een slok. '*Ik had al snel hetzelfde probleem als George:* Star Wars *overschreed meteen elk budget en niemand geloofde dat het iets kon worden met die film. En omdat er bij het origineel zoveel op toeval berustte, was het ongelooflijk moeilijk om alles precies zo te maken als het uiteindelijk is geworden. Weet je bijvoorbeeld nog waarom Harrison Ford erin zat?'*

'Nee... Of ja, toch wel, wacht even: was het niet vanwege die deur?'

'Precies, de bekende anekdote met de deur. Oorspronkelijk gebeurde dat niet bij mij, maar bij Fred Roos, die de casting voor American Graffiti *had gedaan en een vriend van Lucas was. George wilde in* Star Wars *uitdrukkelijk geen acteurs die in zijn vorige film hadden gespeeld, dus Ford viel af, en niet alleen daarom. Het was vooral omdat zijn carrière als afgelopen werd beschouwd. Hij werkte weer als klusser om zijn gezin te onderhouden. In die hoedanigheid had Fred Roos hem laten komen, om – een van de beroemdste toevalligheden uit de filmgeschiedenis – een deur te repareren in het gebouw waar de audities voor* Star Wars *werden gehouden. En ook al zo toevallig: ze hadden iemand nodig om tegenover de acteurs te zitten die auditie deden voor de rollen van Luke en Leia, om de dialogen met ze in te studeren. Harrison had er eigenlijk helemaal geen zin in en sprak zijn tekst – als ene Han Solo – dan ook chagrijnig en nurks uit. En dat deed hij zo goed dat hij als volslagen verrassing in die rol werd gecast.*

Zo ging het dus oorspronkelijk.

Maar toen ikzelf contact opnam met Harrison om hem de rol aan te bieden, zonder al die toevalligheden, wilde hij niet. Hij vond het een houterige dialoog, een suffe naam en een kinderachtige film, waar hij niet in wilde spelen. Hij dacht dat het slecht voor zijn reputatie zou zijn en dat hij dan nergens meer voor zou worden gevraagd. Volslagen krankzinnig. Ik heb hem een paar keer uitgenodigd en hij zei altijd nee, en hoe koppiger ik aandrong, hoe halsstarriger hij weigerde. Het leek wel alsof je hem alleen bij toeval voor het project kon krijgen.'

'Hoe hebt u het uiteindelijk voor elkaar gekregen?'

'Heel simpel: ik heb de anekdote van Fred Roos een-op-een gekopieerd. Ik zei tegen Harrison Ford dat hij dan maar timmerman moest blijven, ook goed. Maar weken later ging er – natuurlijk puur toevallig – een deur in mijn kantoor kapot. En diezelfde dag hadden we een allerlaatste casting... Lang verhaal kort: Ford repareerde de deur, sprong even bij met de casting en kijk eens aan, ineens deed hij toch mee. Maar ergens leek het wel alsof hij nattigheid voelde. Alsof hij wel besefte dat het zijn noodlot was om in die ellendige film te moeten spelen, maar dat er iets niet klopte, dat het toeval bewust een handje was geholpen. Uiteindelijk heb ik hem een hogere gage moeten aanbieden. Carrie Fisher daarentegen studeerde in Europa en was totaal verrast dat ik alleen haar als de prinses wilde, want in die tijd had nog niemand van haar gehoord. Maar net als Mark Hamill zei ze meteen ja.'

'En de anderen?'

'Ralph McQuarry was eerst enthousiast toen ik hem vroeg, maar hij was wel teleurgesteld toen bleek dat ik al precies wist hoe ik het wilde hebben. Hij vond dat hij te weinig vrijheid kreeg en kwam telkens met een heel ander, in mijn ogen volstrekt ongeschikt voorstel. Maar uiteindelijk kreeg ik hem toch enigszins op koers.

De meeste last kreeg ik in elk geval met Steven. Ik had

hem al als regisseur gestrikt, maar ik had er niet genoeg re-
kening mee gehouden dat hij natuurlijk een heel eigen
idee zou hebben. Hij wilde Darth Vader aan het eind laten
sterven, daar hebben we uren over gediscussieerd. "Oké,"
zei hij, "als Darth Vader niet dood mag, dan Han Solo."
Een mogelijk vervolg interesseerde hem niet, dat leek hem
niet realistisch en hij wilde per se dat definitieve slot. Ook
verder was hij het met veel dingen niet eens en als ufo- en
scifi-fan kon hij niets met The Force. Over al die onzin heb
ik urenlang op hem moeten inpraten. Ik had de oorspron-
kelijke film precies in mijn hoofd en er was niet één scène
die hij net zo wilde draaien, hij had altijd wel iets aan te
merken of te verbeteren. Ook met veel dialogen had hij
moeite. De figuren Han Solo en Darth Vader vond hij wel
mooi, maar het idee van de prinses niet. Het begin, met de
Droids, vond hij te veel op Kurosawa lijken en hij had een
paar vrij goede eigen ideeën, maar daarmee zou hij alles
overhoop hebben gegooid. En de tekst in het begin vond
hij verschrikkelijk. Het greep hem allemaal erg aan en ik
heb hem een paar keer aan de mechanische haai moeten
herinneren en op zijn gevoel moeten werken door telkens
te benadrukken dat het precies moest worden zoals ik me
als jongetje had voorgesteld: Zo en niet anders wilde ik het
op het witte doek zien.

We draaiden in Tunesië en ik was altijd overal bij. Ik
hield nauwlettend in de gaten of hij niet toch iets verander-
de. Later volgden de draaidagen in de studio in Engeland.
Paramount, *dat de film samen met mijn bedrijf* B-Movies

financierde, sloeg op tilt toen het budget weer werd over-schreden. Ondanks de successen van de laatste jaren kwam ook bij mij de bodem van de schatkist in zicht en het halve miljoen dat ik George voor de titel had betaald begon ineens erg te knellen. Net als bij hem waren ook bij mij de special effects geldverslindend. En daarbij had ik niets aan mijn kennis uit de toekomst, want dat is een terrein waar ik nu nog steeds niets van snap. Ik wist alleen dat John Dykstra alles uiteindelijk geniaal heeft gedaan, maar dat hij en zijn team het hele project aan de rand van de afgrond hebben gebracht doordat ze als een soort commune leefden, constant stoned waren en nooit gewoon doorwerkten. Het schoot pas op toen Lucas voortdurend toezicht liet houden, dus dat deed ik natuurlijk ook.

Uiteindelijk moest er nog één horde worden genomen. De muziek. Steven was de regisseur, dus over John Williams hoefde ik me geen zorgen te maken, die deed in elk geval mee. Ik probeerde het net zo te doen als George en liet hem stukken van de Britse componist Gustav Holst horen, The Planets, *en* Kings Row *van Erich Wolfgang Korngold. De gelijkenis is dan ook verbluffend. Ik was er vrij gerust op dat Williams met die richtlijnen uit de voeten kon en hij trok zich terug om te gaan componeren. Maar je zult het niet geloven: toen ik weken later voor het eerst zijn titelmelodie hoorde, viel ik zowat van mijn stoel. Hij had deze melodie gecomponeerd.'*

Brooks floot het stukje voor. Winkler keek hem vragend aan.

'Ken je dat niet?'

'Nee.'

'*Dat was* Indiana Jones. *Daar kom ik nog op. Maar ik dacht dus echt dat ik gek werd. Ik moest voorkomen dat dit Williams' melodie van de eeuw werd, want ik wilde die ándere melodie van de eeuw. De melodie die we allemaal kennen. Hij vertrok mopperend en kwam twee weken later terug. Nu met een melodie die ik nog nooit had gehoord. Ook mooi, maar niet de goede.*

Ik heb in die tijd veel over genieën en het vluchtige moment van de muze geleerd. Bij de oorspronkelijke film had hij de muziek drie maanden later gecomponeerd en kennelijk had hij toen net een doorslaggevend gesprek gevoerd of precies het juiste broodje gegeten, weet ik veel, en daardoor zijn goddelijke ingeving gekregen, maar bij mij kwam hij na verschillende aanzetjes niet op zijn beroemde thema. Uiteindelijk heb ik hem de melodie maar voorgefloten.'

Winkler schoot in de lach. 'Het wordt steeds mooier.'

'*Geloof het of niet, maar zo is het echt gegaan, 's nachts bij hem thuis in de keuken. Op het laatst miste ik alleen nog onze vierde man, Charley Lippincott, over wie ik het al eerder heb gehad. Eindelijk iemand die zich precies zo gedroeg als ik had gehoopt. En sommige voortekenen waren bij mij zelfs gunstiger dan bij het origineel. Net als bij George ging ook bij mij* Star Wars *in 1977 in première, maar zijn film begon destijds met maar tweeëndertig kopieën. Hij draaide in tweeëndertig zalen in het hele land, want niemand had vertrouwen in een sciencefiction-ruimte-operafilm. Om je een beetje context te geven:* New York, New York *draaide dat jaar in vierhonderd zalen en van* Smokey and the Bandit *waren ook bijna vierhonderd kopieën in omloop. Ik had het geluk dat mijn film door Steven werd geregisseerd, de beroemde man van* Jaws. Daardoor was Paramount *gunstiger gestemd, al werden er uiteindelijk toch nog maar honderdvijftig kopieën gemaakt, want ze geloofden er gewoon niet in. Dus wat nu? We moesten een hype zien te creëren. Net als bij het origineel ging Lippincott naar alle congressen, hij liet romans en strips schrijven, deelde buttons uit, praatte op alle bioscoopeigenaren in en zorgde ervoor dat er onder jonge mensen een enorme buzz ontstond. Dat hoopte ik althans. Toch werd ik in de dagen voor de première elke ochtend bezorgd wakker. Kon je zo'n gigantisch wereldwijd succes zomaar kopiëren? Met een andere regisseur? En natuurlijk waren sommige scènes niet precies zoals in het origineel. Kon je het dan toch herhalen?'*

'Zo te zien wel.'

'Nee.'

'Maar *Star Wars* is toch de beroemdste filmserie ter wereld geworden.'

'Jawel, maar niet meteen. In mijn werkelijkheid was de eerste film uit 1977 met afstand de grootste kaskraker sinds de oorlog en omgerekend naar de inflatie was hij dat zelfs decennia later nog. Maar op de een of andere manier ging het bij mij niet helemaal zo. Zeker, het eerste deel was

een groot succes, maar niet zo populair als Jaws. *Ik heb me vaak afgevraagd waar dat aan lag. Misschien dachten veel mensen dat het wel net zoiets zou zijn als* Jaws, *want die was van dezelfde regisseur, en de hype maakte ze niet zo nieuwsgierig. Maar ik heb er nog een andere verklaring voor.'*

'Welke dan?'

'Steven Spielberg was in die tijd waarschijnlijk een betere, geraffineerdere regisseur dan George Lucas. Maar het werd nooit echt zijn *film, zijn kindje. Bij* Star Wars *heeft het toeval een waanzinnige rol gespeeld en dat heeft tot een uniek resultaat geleid, waar iedereen meteen verliefd op werd. Stevens film is ambachtelijk rijper, maar het origineel was op de een of andere manier toch mooier. Niet veel, ze lijken enorm op elkaar, maar toch geloof ik dat de oude film me liever was, die had meer charme.'*

'Heeft George Lucas hem ooit gezien?'

'Ja. Dat hoorde ik van Brian de Palma. George was nog met Apocalypse Now *bezig, maar hij heeft hem wel gezien. En Brian zei dat hij ernaar zat te kijken als een klein jongetje en zelfs "Gaaf!" zei toen de Millennium Falcon door de hyperruimte vloog. Het waren tenslotte zijn allereigenste visioenen die hij daar op het witte doek zag. Voor de duur van de film kon hij alles vergeten, dit waren de beelden die al jaren door zijn hoofd maalden, bewust of onbewust. Toen hij weer buiten stond, keek hij heel bedrukt. Het jaar daarop kwam de rampzalige flop met* Apocalypse Now *en zat hij definitief aan de grond. Daarna is*

154

hij failliet gegaan en heeft hij zich helemaal uit de filmindustrie teruggetrokken. *Coppola was ook geruïneerd en heeft jarenlang niets meer gemaakt; hij was ook failliet.*'

'En u?'

'*Ik heb de gestolen reeks verder uitgebouwd. Net als George heb ik ook de regie van* The Empire Strikes Back *aan Irvin Kershner gegeven en Lawrence Kasdan het script laten schrijven, volgens mijn specificaties. Steven was eerst teleurgesteld, maar ik heb hem een paar subtiele hints gegeven met de strekking dat hij waarschijnlijk beter zijn eigen films kon maken, zoals dat verhaal over het buitenaardse wezentje waar hij het weleens over had. Dat wilde ik natuurlijk graag produceren. Bovendien denk ik dat hij het vervelend vond dat ik hem bij* Star Wars *zo op zijn vingers keek; zo onvrij wilde hij niet meer werken. Ik heb alles dus zo laten gaan als voorzien. En goddank werd* The Empire Strikes Back *net zo'n commercieel en artistiek succes als het origineel. Ook bij deel drie heb ik niet ingegrepen. Op één ding na: de Ewoks gingen eruit.*'

'Ewoks?'

'*Ja, van die bontbeestjes, uit* Return of the Jedi. *Kinderen vonden ze schattig, maar de meeste volwassenen hadden er een bloedhekel aan, ze waren net zo irritant als Jar Jar Binks later.*'

'Als wie?'

'*Ach ja, dat weet jij allemaal natuurlijk niet. In deze nieuwe werkelijkheid zijn de prequels het echt geniale, maar in mijn oude werkelijkheid waren ze een grote te-*

leurstelling. Destijds hebben ze George Lucas zijn gang la-
ten gaan en dat leverde alleen kinderfilms op met veel digi-
tale animatie, en bovendien misschien de slechtste liefdes-
dialogen ooit.'

'Maar de liefdesdialogen zijn juist het mooiste van de prequels.'

'Nu wel, ja, want in deze werkelijkheid heb ik de beste
scenarioschrijvers ingehuurd en er regisseurs zoals Chris-
topher Nolan, Joss Whedon en Alfonso Cuarón op gezet.
Maar oorspronkelijk had George alles zelf geschreven, ge-
regisseerd en met greenscreen gedraaid, en de dialogen
klonken volkomen onecht. En niemand durfde er iets van
te zeggen, want hij was een soort god. Dat heeft verschrik-
kelijk slechte films opgeleverd.'

Winkler vergat alle journalistieke onpartijdigheid en
ging energiek op het puntje van zijn stoel zitten, als
een kind dat van zijn eigen gelijk overtuigd is. 'Maar
het verhaal van de prequels is toch overduidelijk beter
dan dat van de oorspronkelijke films. De kleine jongen
die uitgroeit tot de ultieme slechterik, de ontroerende
vriendschap van Anakin en Obi-Wan die teloor gaat,
de republiek die instort, de opkomst van The Empire.
Dat zijn toch bijna shakespeareaanse drama's, het
duistere laatste deel, *Revenge of the Sith*, heeft maar
liefst elf Oscarnominaties gekregen, net als *Lord of the*
Rings. Zoiets ijzersterks kun je toch onmogelijk verpesten.'

'Jawel hoor, dat is hem moeiteloos gelukt. Stel je voor, in

*de versie van George laat hij aan het eind zelfs Yoda met
een lichtzwaard vechten. Dezelfde wijze, oude, broze Yoda
die heeft gezegd dat het niet om grootte of kracht gaat,
stuitert ineens in computeranimatie als een rubberen balletje* on speed *door het beeld, zwaaiend met een groen mi-
nilichtzwaard.'*

Ze schoten allebei in de lach.

'*Grote god, dat heb ik veertig jaar geleden voor het laatst
gezien,*' zei Brooks, '*maar ik herinner het me nog precies.
Net een nachtmerrie die je nooit meer vergeet. Dat kan ik
tenminste met recht en reden zeggen: mijn prequels waren
stukken beter dan die van George.'*

Het was laat geworden. Brooks liet Winkler uit, maar
die bleef op de drempel staan. Hij schudde zijn hoofd.
Het was hem aan te zien dat hij niets van het verhaal
geloofde, maar hij had het spelletje nu zo lang meege-
speeld dat hij besloot er tot het eind mee door te gaan.
'Wat ik van uw verhaal niet begrijp: als u echt uit de
toekomst komt, waarom hebt u dan in de jaren negentig zoveel flops gemaakt?'

'*Drugs, twee vechtscheidingen, misschien ook gebrek
aan eerzucht en een slecht geweten. Weet ik het?*' Brooks
haalde zijn schouders op. '*Een tijdlang was ik helemaal
gelukkig met mijn nieuwe manier van leven. Vrouwen,
feesten, luxejachten, gesprekken met legendarische oudere regisseurs die ik vroeger als filmrecensent had bewonderd en die ineens even oud waren als ik en mij bewonder-*

den, mij, die zwalkte tussen commerciële films en arthouse. Mij, de kleine recensent, de mislukte scenarist, de pizzakoerier. Ik financierde Stallones Rocky en stond als producent met mijn Oscar op het podium, ik had Star Wars bedacht, de prequels verbeterd, als auteur de ideeën voor cultfilms als Forrest Gump, Scarface, Platoon en Wall Street aangedragen, en niet te vergeten voor megahits zoals Back to the Future, maar bij mij met Eric Stolz in de hoofdrol omdat Michael J. Fox niet onder zijn contract bij Family Ties uit kon.

In mijn hoogtijdagen heb ik zelfs klassieke films als Rain Man verbeterd: bij mij kreeg hij een iets warmere toets. Ik wist welke Scorsese ik moest produceren en welke niet, en ik wist ook dat John Hughes met zijn films tot in de vroege jaren negentig succes zou hebben en daarna niet meer. Ik had het altijd bij het rechte eind, van drama tot luchtige comedy, en – daar ben ik nog steeds trots op – ik heb voor elkaar gekregen dat Bill Murray veel eerder als serieus acteur werd geaccepteerd en eindelijk een fatsoenlijke agent kreeg. Wie had ooit gedacht dat hij twee Oscars zou krijgen en het in Philadelphia veel beter zou doen dan Hanks in de oorspronkelijke versie?'

'Maar vanwaar dan die plotselinge neergang?'

'Ach, ik kreeg er gewoon genoeg van om op andermans successen te teren. Iedere kunstenaar – ook George Lucas, maar hij niet alleen – heeft inspiratie nodig en jat hier en daar weleens iets van een ander. Daar is op zich niets mis mee, want voor de echte kunstenaar staat de eigen schep-

ping centraal. Maar ik stal complete scheppingen. *Ik was een geslepen, misselijk diefje, meer niet. En tegen je innerlijke stemmetje begin je niets. Je negeert het, je verdooft het met een pilletje, een slok of een lijntje, maar het wordt alleen maar luider. Bovendien had ik het belang van de visie van een regisseur onderschat, en van het moment van uitbrengen. Mijn prequels van* Star Wars *kwamen eerder dan die van George. Geen probleem. Maar* Titanic *wilde in 1994 bijvoorbeeld niemand zien. Die film werd zowat de flop van de eeuw en ik ben toen ook met James Cameron gebrouilleerd geraakt. Als wraak heb ik zijn* Avatar *ingepikt, ik heb hem zelf gemaakt, maar in 1999 was de techniek nog niet zo ver en het resultaat zag er eigenlijk vooral bizar uit. Tweehonderd miljoen dollar door de plee... In mijn oude werkelijkheid was Cameron het genie achter de twee grootste kaskrakers aller tijden, maar tegenwoordig kennen de mensen hem alleen van zijn vier* Terminators *en van* True Lies.*

Ik heb nog een paar eigen ideetjes laten uitwerken waar in mijn eigen werkelijkheid geen mens iets in zag, met als resultaat dat ze allemaal zijn geflopt, dus het was volkomen terecht dat niemand eraan wilde beginnen. En als je je dan ook nog de beste coke kunt permitteren, loop je het risico dat je down the drain *gaat.'*

'En uw comeback?'

'Nou ja, het was mijn redding dat ik steeds dichter bij mijn eigen tijd kwam, bij mijn eigen werkelijkheid. Ik wist twee dingen vrij zeker: dat Harry Potter *en* Lord of the

Rings *grote successen zouden worden en dat de mensen rond de millenniumwisseling superheldenfilms wilden zien. Ik heb dus wat filmrechten gekocht en toen was ik weer in* business. *Maar ondanks het succes was het niet meer wat het geweest was, dus heb ik de hele boel verkocht. En sinds een maand is de magie hoe dan ook verdwenen. In mei 2016 ben ik in de lift naar het verleden gestapt en het is nu juni 2016. Nu is de toekomst ook voor mij gewoon de toekomst, ik weet weer nergens van, ik ben vrij man. Wel zo rustig.'*

'Maar u had de politiek in kunnen gaan. Of techbedrijven kunnen kopen, internetpionier kunnen worden, politieke ontwikkelingen voorzien...'

'Dat heeft me allemaal nooit geïnteresseerd. Films zijn mijn leven. En zoals ik al zei was ik bang voor wat er allemaal kon gebeuren als ik me met de wereldgeschiedenis bemoeide; ik heb al die jaren zelfs de verleiding weerstaan in de afgrond te kijken en stiekem te controleren of mijn ouders wel een kind hadden gekregen of bij elkaar zijn gebleven. In principe heeft die terughoudendheid altijd goed uitgepakt en alles is zo gegaan als in de werkelijkheid, maar een paar keer heeft het butterfly effect *toch toegeslagen: zo hebben sommige merken nu andere namen, is Bill Gates eerder uit Microsoft gestapt en is de Berlijnse Muur hier een jaar later gevallen – in deze tijdlijn pas in november 1990. Stel je dat eens voor, dat je gewoon een paar beroemde films een klein beetje anders maakt en dat zo'n historische gebeurtenis dan ineens een jaar opschuift.*

Toen ik drugs gebruikte, probeerde ik altijd de keten te vol-
gen die daartoe heeft geleid...'

'Maar hebt u echt nooit in de geschiedenis willen ingrijpen? Niet één keer in al die veertig jaar?'

'Jawel. Ik heb er echt alles aan gedaan om de mensen
voor 9-11 te waarschuwen, ik heb contact opgenomen met
de politie en de FBI. Maar zij dachten dat ik een doorgesno-
ven junk was – waar ze toen trouwens gelijk in hadden.
Pas na de aanslag dachten ze weer aan me en toen geloof-
den ze ineens dat ik een spion of een handlanger was. En
ik kon toch moeilijk zeggen: Dat weet ik allemaal omdat
ik uit de toekomst kom. Ik ben gearresteerd, maar ik kon
niet bewijzen hoe ik het wist, net zomin als zij konden aan-
tonen dat ik iets had misdaan. Ik werd dus weer vrijgela-
ten, maar er verschenen een paar lelijke artikelen in de me-
dia en ik weet zeker dat ik tot op de dag van vandaag word
afgeluisterd. Dat was de bevestiging van iets waar ik al
bang voor was: dat het verdacht is als je te veel weet. Daar-
om heb ik daarvoor en daarna altijd gezwegen en me bui-
ten alle historische ontwikkelingen gehouden.'

Ze stonden al voor de lift, maar Winkler ging nog
niet weg. Natuurlijk kon hij het interview zo niet pu-
bliceren en niemand zou hem geloven, maar hij wilde
uit de ontmoeting halen wat erin zat. 'Als dit verhaal
echt waar is, hebt u er dan spijt van?' vroeg hij.

Brooks aarzelde even. *'Nee, eigenlijk niet,'* zei hij toen.
'Als je met die ongelooflijke kennis uit de toekomst gezе-
gend bent, is het onmogelijk om daar vier decennia lang

niets mee te doen. De een zou misschien Michael Jackson hebben bestolen en zijn hits onder zijn eigen naam hebben uitgebracht, een ander zou op de juiste politici hebben gestemd, weer een ander zou kunst hebben gekocht voordat de maker beroemd werd, of aandelen Apple. En film was nu eenmaal mijn passie. Maar één ding vind ik wel jammer.'

'Wat dan?'

'George en zijn Indiana Jones. *Dat was namelijk mijn lievelingsfilm toen ik klein was, nog vóór* Star Wars. *Een serie films over een archeoloog in de jaren dertig die allerlei avonturen beleeft. Harrison Ford had de hoofdrol en daarmee werd hij net zo iconisch als met zijn Han Solo. In de oude werkelijkheid werd hij door zijn publiek zowat verafgood. Maar in deze werkelijkheid zijn die films nooit gemaakt. Zoals ik al zei was het een idee van George, en Steven Spielberg deed de regie. Maar bij het* Star Wars-*proces had Steven mijn kant gekozen en daardoor hebben ze zo'n ruzie gekregen dat ze nooit meer een woord met elkaar hebben gewisseld. Ik heb een van de mooiste vriendschappen in de filmgeschiedenis kapotgemaakt en George heeft zich van alles en iedereen gedistantieerd... Die prachtfilms zijn dus nooit gemaakt, want om de een of andere reden heb ik Steven er later nooit zo enthousiast voor kunnen krijgen als George Lucas destijds. En ik kon niet wéér met een idee aankomen dat oorspronkelijk van hem was. Maar je zou die films prachtig hebben gevonden, dat vond iedereen. Met die epische muziek van John Willi-*

ams. En ik ben de enige hier die dat allemaal kent, het zit alleen in mijn hoofd, daar valt moeilijk mee te leven. Ik zou die films zo graag nog eens zien, maar dat zal nooit gebeuren.'

'Hebt u George Lucas eigenlijk ooit nog gezien?'

'Ja.'

'Hoe ging het met hem?'

'Verrassend goed. Zie je, de oude werkelijkheid viel hem niet mee. Veel fans waren kwaad op hem vanwege die prequels, de veranderingen die hij in de oorspronkelijke trilogie had aangebracht en de verkoop aan Disney. En daarbij vergaten ze wat hij had gepresteerd. Ik bedoel, niets tegen Homerus, Tolstoj, Rowling of Tolkien, maar er zullen altijd plekjes op aarde blijven waar niemand ooit van hun werk heeft gehoord. Maar aan George' 'ruimtedingetje' viel niet te ontkomen. Een kind in Kenia dat speelt dat zijn stok een lichtzwaard is, een oude bankier in India of een lerares in Japan: nooit hebben zoveel mensen overal ter wereld zo meegeleefd met een verhaal en de personages daarin, en dat decennialang. George Lucas was de grootste verhalenverteller van zijn tijd, een geniaal visionair, hij had meer respect verdiend. Maar fans zijn nu eenmaal niet dankbaar of rechtvaardig. George kreeg veel woede en ook onversneden kwaadaardigheid over zich heen. Uiteindelijk waren er miljoenen mensen die een mening over hem hadden, die van hem hielden of hem haatten, en waar hij ook kwam, overal werd hij op die films aangesproken. Hij leek eronder gebukt te gaan dat hij de geestelijk vader was

van de meest vermaarde films ter wereld. Maar zonder Star Wars *leek hij bevrijd, bijna gelukkig.'*

'Echt?'

Brooks dacht lang na. Toen zuchtte hij. *'Nee.'*

Hij maakte een verontschuldigend gebaar. *'Ik had graag gewild dat het zo was gegaan, maar vijf jaar geleden heb ik George nog een keer ontmoet, kort voor zijn pensioen. Ik had hem opgewacht en bood hem een biertje aan. Hij was oud geworden. Even was ik bang dat hij agressief zou reageren en me weer zou beschuldigen, maar hij nam mijn uitnodiging meteen aan. Hij was nog steeds verlegen en afstandelijk. Hij zei dat hij mijn carrière altijd had gevolgd, zoveel successen, ongelooflijk. En toen zei hij iets wat ik zó erg vond, het deed echt pijn: Hij had zich vergist,* Star Wars *had alleen van mij kunnen zijn, die films had hijzelf nooit zo kunnen maken.* The Empire Strikes Back *had hij wel minstens tien keer gezien en die film overtrof ruimschoots al zijn toenmalige ideeën. De* Star Wars*reeks was heel groot geworden, maar hij had alleen maar een simpele ruimtefilm willen maken en hij had er spijt van dat hij me toen voor de rechter had gesleept. Kun je je dat voorstellen? Die arme stakker. Hij zei zelfs nog dat hij nooit in staat zou zijn geweest om zo'n enorm project in goede banen te leiden, hij zou er bang van zijn geworden, hij benijdde me niet. Bij dat woord glimlachte hij en ik moest ineens denken aan de jongen die hij ooit moest zijn geweest, met zijn hoofd vol ideeën, een jongen die zo aardig kon zijn. We praatten nog wat over Steven, met wie hij* *nog steeds niet* on speaking terms *was, wat hij erg jammer leek te vinden. Op het laatst moest ik nog aandringen om het bier te mogen afrekenen. Hij ging met hangende schouders naar huis. Later heb ik nog anoniem een groot bedrag naar hem overgemaakt, maar ik weet niet wat hij daarmee heeft gedaan.'*

Winkler onderdrukte een grijns. 'Een mooi, weemoedig slot. Zo eindigt ook uw script, neem ik aan?'

'Misschien.' Brooks keek de journalist onderzoekend aan. *'Je gelooft er geen woord van, hè? Geen woord!'*

'Een paar keer was ik er bijna ingetrapt doordat u zelf zo overtuigd klonk,' gaf Winkler toe. 'Maar het lag er vaak wel erg dik bovenop. Dat verhaal over James Cameron bijvoorbeeld, of die slechte prequels met die rondstuiterende Yoda met zijn lichtzwaard.'

Even leek Brooks een antwoord te overwegen of te willen protesteren, maar toen glimlachte hij alleen. *'Ja, dat lag er misschien inderdaad wel erg dik bovenop.'*

Winkler drukte op de knop van de lift. 'En die dassenfabriek...' begon hij weer. 'Waar stond die eigenlijk?'

'Hier,' zei Brooks. *'Ik heb het gebouw gekocht en tot villa laten verbouwen. Alleen de lift heb ik erin laten zitten. Daar sta je nu voor. Elke dag hoop ik weer dat die vijfde knop terugkomt, naar 2016 of 2090 of weer naar 1973. Maar het blijft altijd maar bij drie verdiepingen en de parterre, verder niets.'*

Nu Winkler voor de lift stond, leek hij toch even te twijfelen. 'Was het allemaal echt alleen maar fictie? Of zat er toch een sprankje waarheid in?'

'*Het was de waarheid.*' Brooks trok een wenkbrauw op. '*De waarheid over het liegen.*' Hij keek de journalist secondenlang strak aan.

Winkler schudde zijn hoofd. 'Ze hadden me voor u gewaarschuwd. Ze zeiden dat een interview met u heel merkwaardig en verrassend kan uitpakken.'

'*Ik hoop dat ik je niet heb teleurgesteld.*'

'Allesbehalve. Ik heb nog een verzoek...' Een beetje verlegen haalde Winkler een foto uit zijn zak, van Han Solo en Luke Skywalker voor de Millennium Falcon. 'Mijn kinderen zouden het geweldig vinden als u die wilde signeren.'

'*Met genoegen.*' Brooks pakte een pen. '*Eerlijk of oneerlijk?*'

'Hoe bedoelt u?'

'*Met de naam van de echte schepper of van de dief?*'

'Wat u wilt. Het is hoe dan ook goed, want het is uw handtekening.'

Brooks knikte. *George Lucas*, schreef hij op de foto.

Winkler grijnsde. Hij stak de foto weer in zijn zak, stapte in de lift en drukte op de knop naar de parterre. De deuren gingen dicht en zacht zoemend verdween hij in de diepte.

De *vlieg*

(2017)

'Is er nog limonade?' riep hij uit de verte.

Ze wiste het zweet van haar voorhoofd. Het was drukkend warm en hoewel ze in de schaduw zat, hield ze het nu al haast niet meer uit.

'Ja,' riep ze terug.

Ze zat aan de tafel in het prieel en keek toe terwijl hij over de veranda kwam aanlopen met de krant onder zijn arm. Zijn behaarde buik flitste af en toe uit zijn openhangende overhemd. Zijn gebruikelijke ontslakkingskuur voor de Buchmesse in Frankfurt begon pas over een paar weken en zoals altijd nam hij het er nog even van voordat het zover was.

Hij ging tegenover haar zitten roken en schonk zijn glas vol. De dokter had hem geadviseerd de suiker te laten staan, maar als ze met vakantie in Frankrijk waren, kon hij haar koele, zelfgemaakte citroenlimonade nooit weerstaan.

'Jij ook?'

Zonder haar antwoord af te wachten schonk hij haar ook in en nam een grote slok. Hij had een dure zonnebril op en zijn haar was nog nat van het zwembad. Hoe zou ze het ter sprake brengen?

'Kijk eens!' Hij tikte op een artikel in zijn krant; de derde roman van een auteur van hem, Margo Brodie, werd in alle toonaarden bejubeld. Hij hoefde niet te zeggen wat hij dacht, want dat wist ze zo ook wel: *En ik heb haar ontdekt.*

Tevreden nam hij nog een slok en vertelde over een telefoontje met een correspondent in Bonn en een nieuwe vertaling van Katherine Mansfield die hij wilde uitbrengen. Ondanks zijn leeftijd en zijn beginnende buikje zag hij er nog bijna net zo goed uit als twintig jaar geleden; het succes stond hem goed en door het vakantiebruin en de rust leek hij jonger. Zij staarde naar de slapper wordende huid van haar eigen bovenarmen en moest zich inhouden om zichzelf niet te knijpen.

Er landde een vlieg op haar arm; ze joeg hem weg. Hij vloog naar haar limonadeglas en ging op het rietje zijn pootjes zitten poetsen.

'Ik wilde iets met je bespreken.' Haar stem klonk te zacht. Ze schraapte haar keel: 'Ik heb iets bedacht.'

Haar man keek op uit zijn krant.

Was het maar niet zo warm! Er welden zweetdruppels op in haar decolleté en ze kreeg nu al het gevoel dat ze geen kracht meer had.

'Ik wil weer gaan werken,' zei ze. '*Echt* werken, bedoel ik.'

Om zijn achterdocht te verbergen vroeg hij ietwat ongeïnteresseerd en toonloos, alsof hij de inzet bij blackjack bekendmaakte: 'Hoe bedoel je? Daar hebben we het toch al over gehad?'

Dat was zo. Toen ze pas getrouwd waren, was het zelfs even een heet hangijzer geweest. Ze had de modeacademie afgerond en droomde van een eigen label of een carrière als kostuumontwerpster bij de film. Ze was toen begin twintig en – dat moest ze toegeven – nogal labiel. Ze hadden elkaar bij een lezing ontmoet. Hij was drieëntwintig jaar ouder en helemaal wild van haar schoonheid, en zij voelde zich gevleid. Hij straalde een dominante zelfverzekerdheid uit die zij nooit had gehad. Zij bezat dan weer het stijlgevoel en het empathisch vermogen waar het hem aan ontbrak.

Met andere woorden: zij hield van lezen, hij gaf boeken uit en samen waren ze een perfect team.

'Ja, klopt,' zei ze. 'En dan zeiden we dat we het er weer over zouden hebben als de kinderen groter waren en de uitgeverij goed liep.'

Ze keek naar de vlieg, die nu, aangelokt door de geur van de zoete limonade, langs het rietje naar beneden wandelde.

'Maar hoe stel je het je dan voor?'

'Ik zou een atelier kunnen huren,' zei ze. 'Ik heb ideeën voor een stuk of wat ontwerpen, misschien zelfs voor een hele collectie. En een vriendin van me werkt bij het theater, met een beetje geluk kan ik de kostuums voor een productie ontwerpen. Gewoon om er weer in te komen. Ze heeft me beloofd dat ze haar best voor me zal doen.'

Haast onmerkbaar vertrok hij zijn gezicht en hij dronk zijn glas in één teug leeg. 'Maar waarom juist nu?'

'Omdat ik dat fijn zou vinden.'

Ze wist wel dat hij het een waardeloos idee vond om voor een hongerloontje kostuums voor onbekende acteurs te maken. Hij was altijd doelgericht, hij was vooral hogerop gekomen omdat hij hogerop *wilde*.

De moderne klassieken, waarnaar hij zijn uitgeverij MoKla had vernoemd, waren zijn doorbraak geweest. Beroemde werken van schrijvers als Tolstoj of Flaubert werden van tijd tot tijd in nieuwe, frisse vertalingen uitgebracht. Maar de Russen en de Fransen zelf dan? Die konden hun eigen Tolstoj en Flaubert alleen in de steeds verder verouderende oorspronkelijke versie lezen, want daar durfde niemand zich aan te branden. Ook de Duitsers kregen nooit de kans om hun Goethe of Mann in gemoderniseerde vorm te lezen.

Voor zijn uitgeverij had hij dus beroemde Duitse schrijvers aangezocht om Duitse klassieken te hertalen – terughoudend, maar eigentijds. In de cultuurbijlagen van de kranten werd ertegen geprotesteerd, maar het werd een groot succes. Met het geld dat hem dat opbracht had hij in andere landen hetzelfde gedaan. Een riskante stap, maar zijn vrouw had hem altijd gesteund en voor de kinderen gezorgd, zodat hij de positie van de uitgeverij kon consolideren. Inmiddels had hij ook eigentijdse schrijvers onder contract

en hij stond bekend om zijn onfeilbare neus voor
nieuw talent.

Als hij een interessante auteur tegenkwam, gaf hij
het manuscript altijd eerst aan haar. Ook in alle andere kwesties vroeg hij haar om advies. In de loop der jaren was ze zijn officemanager geworden die belangrijke administratieve kwesties afhandelde, zijn kinderen
grootbracht, voor hun huis in Frankfurt zorgde, gasten ontving, auteurs in de stad rondleidde en elke ochtend de juiste kleren voor hem klaarlegde – en gerouti-
neerd verdrong wat haar ter ore kwam over zijn avon-
tuurtjes met andere vrouwen.

'Ik weet niet.' Hij stak een verse sigaret op. 'Ik snap je
wel, maar wie zorgt er dan voor de kinderen?'

Die laatste zin sprak hij zo onbeholpen uit dat het
klonk alsof hij hem uit de krant oplas. Ze werd kwaad,
maar dwong zichzelf redelijk te blijven.

'Je zei altijd dat jij het rustiger aan zou gaan doen als
ik later iets voor mezelf wilde doen,' zei ze. 'Dat jij eerst
aan de beurt was en daarna ik.'

'Maar dat was toch...'

'Dat heb je mijn vader beloofd.'

Haar vader was altijd tegen hun huwelijk geweest.
Hij vond het een slecht idee dat zijn dochter meteen
na haar afstuderen trouwde, met een man van vieren-
veertig nog wel, en het zelfverzekerde optreden van
die man beviel hem nog veel minder.

Ze hadden er vaak ruzie over gehad. 'Hij verplettert

je onder zijn ego,' zei haar vader dan. 'Je bent nog veel te jong om alles voor hem op te geven. Wacht liever nog een paar jaar.' Waarop zij terugschreeuwde dat ze het zat was om altijd maar door mannen te worden gecommandeerd en heel goed op zichzelf kon passen.

Nu kostte het haar moeite zijn blik te trotseren. Ze boog haar hoofd en zag dat de vlieg in de limonade was gevallen. Hulpeloos spartelde het diertje in de troebele gele vloeistof, het vocht voor zijn leven. Ze overwoog de vlieg te helpen, maar ze wilde eerst zien of die het alleen zou redden.

'Wacht liever nog een tijdje.' Ze hoorde hem zuchten. 'Je hebt gelijk, de laatste jaren ben je misschien inderdaad... Ik begrijp het wel. Maar de markt voor literatuur is op dit moment zo onzeker dat ik nu geen stap terug kan doen, alleen omdat mijn vrouw zich opeens wil ontplooien. Daarmee zou ik een verkeerd signaal afgeven. Juist bij zwaar weer moet je aan dek staan en het schip op koers houden, anders maakt het slagzij.'

'Doe niet zo theatraal,' mompelde ze.

Hij negeerde haar. 'Je weet toch hoe de uitgeverij ervoor staat,' zei hij. 'Je kent de cijfers. Als ik me nu terug zou trekken, zou dat zelfmoord zijn, dan is het allemaal voor niets geweest.'

Ze keek nog steeds naar de voor zijn leven vechtende vlieg. Panisch spartelde hij in de limonade op zoek naar houvast. Het reddende rietje was nog ruim een centimeter ver.

'Mijn vader had volkomen gelijk,' zei ze hoofdschuddend. 'Ik was toen nog te jong en te naïef, daar heb jij misbruik van gemaakt, en toen ik ouder werd en me beter staande kon houden, hadden we de kinderen. En nu die groter zijn, kom je wéér met iets nieuws. Het heeft jou nooit geïnteresseerd wat ik wilde.' Haar mondhoeken trokken naar beneden, ze kon er niets aan doen.

Hij pakte haar handen. 'Ik wil geen ruzie. En ik wil ook niet dat je ongelukkig bent. Ik heb alleen wat meer tijd nodig. We vinden wel een oplossing.'

Dat klonk verzoenend, maar er trok een verraderlijk floers over zijn ogen en ze voelde dat hij op een definitieve tegenzet broedde.

De vlieg was nu bijna bij het rietje. Hij spartelde steeds langzamer en zwakker, maar gaf niet op en probeerde onverdroten uit de zoete limonade te komen. De moed van het kleine diertje ontroerde haar en ze volgde het gespannen.

Zijn handen lagen nog steeds op de hare, maar nu trok hij ze terug en ging rechtop zitten. Hij had kennelijk zijn strategie gevonden.

'Ik wil alleen niet dat het een teleurstelling voor je wordt,' zei hij. 'De modewereld is hard, dat zei je vroeger zelf ook altijd. Er zijn er altijd maar een paar die het redden. Bovendien zou je nu moeten concurreren met jonge studenten die geen kinderen hebben en dag en nacht voor hun droom kunnen leven. Die hebben niets te verliezen, die...'

'Dacht je dat ik dat niet wist?' viel ze hem in de rede. 'En kom nu niet aan met het argument dat ik te oud ben. Dat was ik nog niet toen we besloten dat we eerst jouw uitgeverij op poten gingen zetten.'

Zo, die zit, dacht ze trots. Het lag normaal gesproken niet zo in haar aard, maar nu zei ze precies wat ze wilde zeggen. Toch bleef hij rustig, hij was nog niet klaar.

Hij wiste het zweet van zijn voorhoofd en zette zijn zonnebril af. Hij fixeerde haar met zijn ogen. 'Ik vind alleen dat dit allemaal wel heel plotseling komt. Het doet me een beetje denken aan toen, aan...'

Ze sloeg haar ogen neer.

Toen ze begin twintig was, had ze depressieve periodes gehad. En ook manische periodes, waarin ze te veel hooi op haar vork nam, nauwelijks sliep en voortdurend nieuwe plannetjes bedacht – onder andere voor een eigen modelabel. Dat was op een totale instorting en een zelfmoordpoging uitgelopen. Daarna had ze jarenlang medicatie moeten slikken, totdat haar zwangerschap haar dwong daarmee te stoppen.

En dat gebruikte hij nu tegen haar – ze was met stomheid geslagen, dit was een kernaanval terwijl de diplomatieke onderhandelingen nog gaande waren. Er kwam een vloedgolf aan herinneringen boven, aan de ellende van toen, maar ook aan de liefdevolle manier waarop hij in die tijd voor haar had gezorgd.

Die drukte ze allemaal weg. 'Dat heeft hier helemaal niets mee te maken,' zei ze luid en ze sloeg met haar hand op de tafel. Haar ogen vulden zich met tranen, maar dat kon haar niets schelen.

Geschrokken keek hij haar aan.

Een tijdlang zwegen ze. In huis klonk geschreeuw. De kinderen riepen hen, maar ze reageerden niet.

'Sorry,' zei hij na een lange stilte.

Dat meende hij oprecht, dat wist ze. Hij had er nooit tegen gekund als ze huilde en ook nu werkten haar tranen als een spiegel voor zijn eigen gedrag. Hij stond op en gaf haar een kus, en heel even zag ze weer de goedhartige, begripvolle man met wie ze destijds was getrouwd. Met wie ze óók was getrouwd.

'Laat me er nog even over nadenken,' zei hij zacht. 'In deze situatie valt het niet mee, maar ik wil niet dat je ongelukkig bent. We vinden er wel iets op. Oké?'

Ze knikte en keek naar de vlieg in de limonade. Die had tot haar opluchting met zijn laatste krachten uit het gesuikerde water weten te klimmen en zat nu uitgeput op het rietje zijn vleugels te poetsen.

Naast haar glas lag de moderne telefoon die ze onlangs had gekocht; met zijn nog onwennige snoerloosheid wees hij vermetel naar de toekomst. Ze moest niet vergeten straks haar advocaat te bellen over die vastgoedtransactie.

Teder streelde hij haar hals. Ze voelde zich al wat beter en streek onopvallend met haar hand over haar ogen. Hij daarentegen leek nog steeds in gedachten verzonken en ineens klaarde zijn gezicht op.

'Ik heb een idee...' zei hij. 'Wat zou je ervan zeggen als we de berging leegruimden en er een provisorisch werkkamertje van maakten? Zodat je er weer een beetje in kunt komen?'

Ze lachte verstikt. 'Meen je dat nou?'

'Ja. We laten de boel opnieuw schilderen en inrichten, voor jou.'

Hij keek haar stralend aan, als een schooljongen die voor een moeilijk vak een tien heeft gehaald en nu een complimentje van zijn ouders verwacht. En ineens zag ze in hoe zinloos deze hele onderneming was. Zelfs als hij oprecht het beste met haar voorhad, parkeerde hij haar dromen in een piepklein hok zonder ramen. Hij zou het nooit begrijpen. Ze zocht naar woorden, maar wist niet wat ze moest zeggen.

Weer riepen de kinderen haar, kennelijk hadden ze ruzie. Ze wilde opstaan, maar hij gebaarde dat ze moest blijven zitten. 'Ik regel het wel,' zei hij op geruststellende toon en hij pakte zijn krant.

Ze knikte en keek weer naar de vlieg, die nog steeds aan alle kanten plakte en nu trillend probeerde langs het rietje omhoog te klimmen.

Hij volgde haar blik en zag de vlieg ook. Verstrooid pakte hij het rietje. Met de eerste tik gooide hij de vlieg terug in de limonade. Die verweerde zich wanhopig en spartelde, maar met nog twee tikken verdronk hij het diertje.

Hij glimlachte even naar zijn vrouw en gaf haar een

kus. 'Ik regel het wel,' zei hij weer en hij ging naar binnen.

Zij bleef aan de tafel zitten. Minutenlang. Het was nog steeds warm, het zonlicht brak op het limonadeglas, waarin de vlieg nu roerloos ronddreef, en het water van het zwembad was glad en volmaakt blauw.

Eindelijk pakte ze de telefoon en draaide het nummer van haar advocaat. Na twee keer overgaan nam hij op. 'Wat kan ik voor je doen?' vroeg hij.

Ze viste de vlieg met het rietje uit het glas en schudde het dode lijfje voorzichtig in het gras.

'Ik wil scheiden,' zei ze.

Het ontstaan van de angst

(2012)

Opmerking

Anders dan het kerstsprookje met de pratende boeken is deze tekst vooral bedoeld voor degenen die de roman al hebben gelezen.

Het onderstaande verhaal heeft ooit deel uitgemaakt van Het einde van de eenzaamheid. *De ouders van hoofdpersoon Jules zijn bij een ongeluk om het leven gekomen toen hij tien was. Vooral het moeizame contact met zijn vader, Stéphane, houdt hem bezig. Wie was die man, die op het laatst zo'n verloren indruk maakte? Waarom klonk er bij de bezoeken aan diens ouderlijk huis in Frankrijk vaak zo'n stilzwijgend verwijt door in de omgang met Jules' grootmoeder?*

De enige aanwijzing die Jules heeft is een Leica, die hij, zijn broer en hun grote zus hebben gevonden. In de roman gaat dat zo:

Toen ik hoorde dat Liz achter me aankwam, deed ik alsof ik het heel druk had en rommelde in de laden van het bureau. In de meeste daarvan lagen alleen brillenhoesjes, inktpatronen en vergeelde blaadjes met aantekeningen. Maar in de onderste vond ik een Leica. Het handvat was zwart, het objectief zilverkleurig. De camera zat nog in de originele verpakking en ik had mijn vader er nooit mee zien fotograferen. Er lag ook nog een briefje bij, in het Frans, in een handschrift dat ik niet kende. *Lieve Stéphane, deze camera is voor jou. Hij moet je eraan herinneren wie je bent en aan datgene wat nooit door het leven kapot mag worden gemaakt. Probeer me alsjeblieft te begrijpen.*

Van wie was dat briefje? Ik legde het terug in de la en inspecteerde de camera, maakte het compartiment voor het filmrolletje open en draaide aan het objectief. Er dansten stofdeeltjes in het licht dat door het raam naar binnen viel...

Maar kort daarna verongelukt zijn vader en de vraag wordt nooit beantwoord. Decennia later is Jules zelf vader geworden, hij is eind dertig en staat op het punt een leeftijd te bereiken die zijn ouders nooit hebben gehaald. In die fase gaat hij zich weer meer voor hen interesseren. Wat was zijn vader in zijn kinderjaren overkomen? En wat heeft die camera daarmee te maken? En welke rol speelden zijn jonggestorven oom en 'de boom van Éric'?

Op zoek naar antwoorden kijkt Jules op zolder of daar nog oude foto's en papieren liggen, maar hij vindt niets. Hij weet van mishandeling, van slaag, en hij heeft wel zijn vermoedens, maar hij weet niets zeker. Of zoals ik in de roman over zijn vader, de fotograaf, schreef:

Hij had zijn verleden bewust naar de achtergrond geduwd en het lukte me niet meer erop scherp te stellen.

Zo staat het in de definitieve versie, maar dat was niet de enige. Ik heb zeven jaar aan die roman gewerkt en zes jaar lang verliep die scène heel anders. In de eerdere versie vindt Jules een oud dagboek dat hem in staat stelde het verleden van zijn vader te achterhalen. Daarop schreef hij een tekst die Het ontstaan van de angst *heette en die tijd sterker belichtte.*

Ik heb altijd veel van Jules' verhaal gehouden, niet in de laatste plaats omdat je hem daar als schrijver aan het werk ziet. Toch heb ik op een gegeven moment met bloedend hart besloten dat hoofdstuk uit het boek te halen, om twee redenen. Ten eerste omdat het de focus verlegde. Door de vrij heftige taferelen werd ineens scherpgesteld op die plek en het lot van die vader en daardoor kregen de andere scènes in de vijftig pagina's daarvoor en daarna minder gewicht. Dat vond ik storend, want het ging mij om Jules en zijn rol als vader.

Maar de voornaamste reden was dat de meeste weeskin-

deren niet zomaar ineens decennia na dato op zolder zo'n dagboek vinden dat al hun vragen beantwoordt. Het leek me niet geloofwaardig dat Jules dat geluk wel ten deel viel, ik wilde liever zijn onbeantwoorde vragen aan de lezer doorgeven, zodat die zijn pijn misschien kon navoelen. Ik wilde de invalshoek van de zoekende zoon, niet die van de vader.

Dat bleek de juiste beslissing.

Toch heb ik het altijd jammer gevonden dat dat hoofdstuk nu niet kon worden gepubliceerd. Toen ik besloot deze verhalenbundel samen te stellen werd me al snel duidelijk dat ik Jules' verhaal hierin wilde smokkelen.

Maar ik moet wel waarschuwen: de volgende tekst gaat heel snel van nul naar honderd, het is een fragment dat middenin ophoudt. (In het boek eindigde de scène zo, omdat Jules ineens niet meer verder kon schrijven.)

Iedereen die de roman heeft gelezen moet zich wel afvragen of hij of zij dat allemaal wel wil weten.

Het hoofdstuk verklaart wel een paar dingen en het heet nog steeds:

Het ontstaan van de angst

door Jules Moreau

Stéphane Moreau, mijn vader, werd in december 1945 geboren in Berdillac, een klein, door de oorlog nauwelijks beschadigd dorp in Zuid-Frankrijk, vlak bij de kust van de Middellandse Zee. Hij was de tweede zoon van het echtpaar Moreau en hij werd een week te vroeg geboren: eigenlijk had hij pas op Kerstdag ter wereld zullen komen. Maar uiteindelijk bleek hij niet alleen het verkeerde moment te hebben gekozen. Het was ook de verkeerde plek.

Stéphane wist niet meer wanneer hij voor het eerst door zijn vader werd geslagen. Slaag hoorde gewoon bij zijn kindertijd, net zoals de melk 's morgens en de kus van zijn moeder voor het slapengaan. Voor hem en zijn oudere broer Éric was het iets vanzelfsprekends, ze verdroegen de pijn en praatten er nooit over.

Toen begon hun vader te drinken.

Nu sloeg Monsieur Moreau zijn kinderen niet meer met de riem of met de vlakke hand, maar met de volle vuist. Hij werd onberekenbaarder en ging ook harder slaan; steeds vaker hielden de kinderen er niet alleen blauwe plekken aan over, maar ook bloedneuzen en

tanden door hun lip. Stéphane huilde nooit en daar
was hij trots op. In het begin was hij na zo'n pak slaag
nog naar zijn moeder gerend om zich te laten troosten,
maar later schaamde hij zich daarvoor en hield hij alles
voor zichzelf.

Toen kwam het moment waarop Monsieur Moreau
alleen nog zijn jongste zoon te grazen nam. Éric was
op zijn zestiende al groter dan zijn vader. Hij was een
van de beste voetballers van de streek, hielp in het
weekend vaak mee in de meubelmakerij van zijn ouders en bleek ook op dat gebied begaafd. Vooral bij de
meisjes was hij geliefd. Als hij er een had gezien die hij
leuk vond, nam hij haar altijd mee naar de heuvel aan
de rand van het dorp. Daar op de helling, naast een
stoere, kromme eik, stond een bankje met uitzicht op
het dorp beneden. Daar boven bij die eik kuste hij al
zijn meisjes, en ondanks de problemen thuis heeft hij
lang een zorgeloze glimlach gehad.

Stéphane daarentegen was op zijn dertiende nog
zwak en tenger, met smalle schouders en een fijn, re-
gelmatig gezicht. Hij had nog niet de baard in de keel.
Hij verzamelde advertenties voor camera's uit tijd-
schriften en kon urenlang naar vogels kijken, of naar
de golven, want ze woonden niet ver van zee. 's Avonds
in bed praatte hij veel met zijn broer.

'We zijn zo verschillend,' zei Stéphane een keer.

'We zijn broers,' antwoordde Éric. 'Dat is genoeg.'

Er viel een stilte. 'Eerlijk zeggen...' begon Stéphane

toen. 'Denk je dat ik een goede fotograaf zou kunnen worden?'

Éric lachte. 'Fotograaf?' Hij dacht even na. 'Ja, ik denk wel dat je dat zou kunnen. Wat kost zo'n camera?'

'Die zijn veel te duur. Bovendien zou pa het nooit goed vinden als ik ging fotograferen. Hij haat me toch al zo omdat ik in de werkplaats niets voor elkaar krijg.'

Ineens werd zijn broer bloedserieus, wat maar zelden voorkwam en eigenlijk niet bij zijn zonnige aard paste. 'Nee, hij haat jou niet, hij haat zichzelf. Die dronken bruut.' Hij ging rechtop zitten. 'Binnenkort ben ik hier weg...'

'Mag ik dan mee?'

Éric knikte in het donker. 'Natuurlijk.'

Weer werd het stil.

'Pa is een mislukkeling, weet je? Een totale mislukkeling. Wij zijn anders dan hij, wij gaan het beter doen.' Érics stem klonk ineens breekbaar. 'Ik zal je tegen hem beschermen. Sorry dat ik dat nog niet heb gedaan, ik kon het gewoon nog niet. Maar ik laat het niet gebeuren dat hij alles kapotmaakt en jou de hele tijd van alles aandoet. Op een dag maak ik daar een eind aan... Dat geloof je toch wel, hè?'

Stéphane wist niet wat hij daarop moest terugzeggen. Hij deed zijn ogen dicht en hoorde het zoeven van de riem van zijn vader.

'Tuurlijk,' zei hij alleen.

'Je moet altijd maar denken, het is jouw schuld niet,'

zei Éric, nog steeds met die vreemde, rauwe, ernstige stem.

Stéphane probeerde het gezicht van zijn broer te onderscheiden, maar het was te donker in de kamer. Na die avond bewonderde hij Éric nog meer en hij besloot net zo te worden als zijn broer. De advertenties voor camera's gooide hij weg en hij meldde zich aan bij de voetbalvereniging; het verbaasde hem dat je zo goed kon worden in iets wat je niet uit jezelf deed. Hij stelde zich vaak voor dat hij na school dit alles hier achter zich liet en met Éric in een appartement in Montpellier ging wonen, en die gedachten hielpen hem de dag door.

Maar in de maanden daarop veranderde ook zijn broer. Hij werd geslotener en serieuzer, alsof hij alleen zo iets kon bereiken. Hij nam nog maar zelden meisjes mee naar zijn boom, meestal zat hij alleen op de heuvel te piekeren.

'Hé, Stéphane, je hebt het nooit meer over fotografie,' zei hij op een dag.

Stéphane haalde alleen zijn schouders op. 'Dat komt misschien wel weer als we samen in Montpellier wonen.'

'Ik weet niet of ik nog wel wegga,' zei Éric alleen. 'Wat heeft het voor zin? Het is toch overal hetzelfde.'

Zo praatte hij vroeger nooit en Stéphane zei niets meer. Maar die nacht droomde hij dat Éric met een zwart wezen worstelde dat hij eerst tegen de grond werkte, hij leek aan de winnende hand, maar toen wervelde het wezen als een schaduw de lucht in, drong door de mond van de schreeuwende Éric naar binnen en begon hem van binnenuit op te vreten. Op dat moment werd Stéphane wakker en het duurde lang voordat hij weer kalm was.

Stéphane was veertien toen hij voor het eerst een meisje kuste. Daardoor kwam hij die middag verward en gelukkig, maar te laat aan tafel. In het hele huis hing de kruidige geur van de cassoulet die zijn moeder had klaargemaakt.

Toen hij de eetkamer in kwam, zag hij dat zijn vader al dronken was. Hij had weer die vage, wazige blik in zijn ogen en zat kaarsrecht op zijn stoel. De laatste tijd dronk hij ook overdag en in de meubelmakerij werd het werk alleen nog door Éric en de leerlingen gedaan.

'Waar heb jij gezeten?' vroeg Monsieur Moreau toen Stéphane op zijn plaats was gaan zitten.

'Op school. Ik moest even een leraar spreken en...'

'Kom mee.'

Zonder nog een woord te zeggen stond Monsieur Moreau op en liep naar de deur. Stéphane voelde de angst die zich door zijn lichaam verspreidde. Hij keek naar zijn moeder, van wie hij hield en die het nooit voor hem had opgenomen, niet één keer. Ze keek weg. Toen keek hij naar Éric, die duister terugkeek.

Even leek hij iets te willen doen, maar hij bleef roerloos zitten.

Stéphane stond op en volgde zijn vader. Die sleurde hem de gang op en begon op hem in te beuken. Midden in zijn gezicht, zwijgend en bruut, en zoals altijd liet Stéphane het over zich heen komen zonder zich te verdedigen.

'Ga je gezicht wassen,' zei zijn vader hijgend toen hij klaar was.

In de badkamer keek Stéphane naar het bloed dat uit zijn neus op de schone vloertegels drupte. Het water uit de kraan was ijskoud. Hij keek zijn spiegelbeeld niet aan.

Toen hij weer aan tafel kwam, waren de anderen al klaar met eten. Stéphane keek naar de aardewerken schaal op tafel. Hij dacht aan het meisje dat hij had gekust en vroeg zich af wat ze wel niet zou denken als ze morgen zijn dikke lippen en zijn blauwe oog zag. Hij begon te huilen.

Eerst deden de anderen alsof ze het niet hoorden, maar het werd steeds harder, het gehuil nestelde zich in alle kieren van de plankenvloer en werd steeds beklemmender.

'Hou op,' zei Monsieur Moreau eindelijk, maar zijn zoon hield niet op.

Hij begon alleen luider te snikken, sloeg zijn handen voor zijn gezicht en voelde dat zijn moeder onder tafel zijn knie aanraakte.

Zijn vader stond op en wilde weggaan.

'Jij blijft hier!' zei Éric luid tegen zijn vader.

Even heerste er een doodse stilte, zelfs Stéphane keek op. Zo stil moest het in de ruimte zijn.

Monsieur Moreau stond besluiteloos bij de tafel en wist niet zeker of hij het wel goed had verstaan. 'Wat zei je daar, jongen?'

Zijn oudste zoon keek hem recht aan. Rustig, vastberaden en met een harde blik, ongewoon voor iemand van zijn leeftijd. Er verstreken een paar eindeloze seconden voordat Monsieur Moreau wegkeek. Langzaam, aarzelend ging hij weer zitten.

'Dit was de laatste keer dat je hem hebt geslagen,' ging Éric verder.

'O ja?'

'Ja.' Érics stem begon te trillen. 'Als jij Stéphane nog één keer slaat, sla ik jou. Begrepen? En niet zuinig ook. Zo hard als ik nog nooit iemand heb geslagen.'

Monsieur Moreau bleef zwijgend op zijn stoel zitten. Hij probeerde zijn zoon in de ogen te kijken ('Hoe durf je zo tegen me te praten?'), maar dat lukte niet. Ineens lekte zijn eigen angst naar buiten, als door een slecht dichtgelaste naad. Hij voelde zich eindeloos moe en dorstig en dacht terug aan het kind dat hijzelf was geweest. Aan zijn ouders, die van hem hadden gehouden, een liefde die hij altijd had beantwoord. Hij bedacht dat Éric zowel uiterlijk als qua karakter op hem leek. Sterk en hard was hij geworden, zijn zoon. Die gedachte was genoeg om hem tot bedaren te brengen.

'Heb je dat begrepen?' vroeg Éric.

Zijn vader keek op, bijna verbaasd dat hij werd aangesproken. 'Hm?' vroeg hij zacht.

Toen knikte hij.

Honderdduizend

(2014)

Veel mensen gaan dood zonder te beseffen dat ze moeten sterven. Daniëls vader had bijvoorbeeld zijn hele leven alles verdrongen, zowel de ramp van dertig jaar geleden als zijn voortschrijdende ouderdom en de dood. Als het zo ver was, dan zou hij zonder een spoor van angst over de drempel stappen en misschien zelfs nog een grapje maken. Daniël was op dat gebied altijd heel anders geweest. En eigenlijk was dat het hele probleem.

Hij stond voor de garage, ze zouden zo wegrijden. Zijn vader woonde in een hooggelegen dorp bij Zürich. Hierboven had hij nauwelijks buren, alleen her en der een enkele boerderij. Zijn vader had het moderne huis op de helling zelf ontworpen en het paste goed bij hem: hij had al altijd graag in zijn fantasie geleefd.

De ochtendzon bescheen het dal en Daniël keek in de verte. Zoals altijd als hij in Zwitserland was, had hij het gevoel dat alles hem hier moeilijker afging, alsof hij onder water was. Het verleden trok aan hem, maar ook deze keer werd er niets gezegd. Gisteren had zijn vader zijn verjaardag gevierd, vandaag was de avond al volgepland en morgen vloog Daniël weer terug naar Engeland. Als er nog één kans kwam, dan was het nu, in de auto.

Hij boog zich over de motorkap van de oldtimer. In de glimmend gepoetste lak zag hij een verlegen man van eind dertig met grote, melancholieke ogen. Even staarde hij naar zijn metalen spiegelbeeld, toen hoorde hij voetstappen en ging hij weer rechtop staan.

Sylvie, de tweede vrouw van zijn vader, kwam naar de auto toe en zette een mand met sandwiches en fruit op de achterbank. 'Proviand voor onderweg.' Ze zag hem kijken. 'Gaat het?' vroeg ze en ze streek zacht met haar hand over zijn arm. 'Het komt wel goed.'

Daniël knikte. Zijn vriendin had het kortgeleden uitgemaakt. Daar was hij nog steeds aangeslagen van en hij wist dat Sylvie hem begreep. Dat deed ze altijd.

'Kijk nou toch!'

Zijn vader kwam naar buiten. Hij wees enthousiast naar het zonovergoten dal, alsof hij dat zojuist zelf had geschilderd. De vorige avond was niet ongemerkt aan hem voorbijgegaan; hij zag er moe, maar verder goed uit: dik grijs haar, verweerde, maar gezonde huid, montuurloze bril, jasje, hagelwit overhemd.

Daniël dacht aan het verjaardagsfeest met de talloze gasten, de speciaal ingehuurde kok en de band. En in het middelpunt zijn vader, die tachtig was geworden. Zoals altijd had hij zijn vrienden en collega's aangenaam beziggehouden met luchtige conversatie, maar die joviale toon was ook het masker waarachter hij zich verschool. Hij kon welsprekend over kunst, politiek en koetjes en kalfjes praten en gaf elke toehoorder het gevoel dat hij het speciaal tegen hem of haar had. In werkelijkheid was het niets meer dan babbelbehang, waarop hij zijn collega's precies zo trakteerde als zijn zoon.

Ze gingen in de oldtimer zitten, een donkergroene Austin Healey uit 1961. Het dashboard glansde in de zon en de beige leren stoelen waren aangenaam zacht. Zijn vader keek hem aan. 'Klaar voor het moment suprême?'

Daniël knikte en moest een zucht onderdrukken. *Het moment suprême,* dat was dat stomme getal dat hem al sinds zijn kinderjaren achtervolgde.

Het was tijdens hun eerste ritje met de Austin Healey begonnen. 'Er staat nu bijna veertigduizend kilometer op de teller, Dani,' had zijn vader gezegd. 'Stel je eens voor dat hij op 100.000 springt. Hoe oud denk je dat je dan bent?'

'Honderd,' had Daniël spontaan geantwoord. Hij was toen negen.

'Dan moeten we er maar wat vaker mee gaan rijden, anders maken we dat niet meer mee.'

Sindsdien ging het almaar over dat getal met die vijf nullen, alsof dat het enige doel in het leven was. In het begin had Daniël de kleinste veranderingen op de teller kunnen meevolgen, maar in de loop der jaren waren de sprongen tussen de getallen steeds groter geworden – en zijn bezoeken steeds zeldzamer.

Toch was het niet het eeuwige gepraat over de stand op de teller dat hem zo stoorde. Wat hem dwarszat was het onderwerp waar *niet* over werd gepraat. Daar was zijn vader gewoon niet toe in staat. Na de begrafenis had hij een paar weken apathisch voor zich uit zitten kijken, totdat een collega hem over de gebutste, bijna weggeroeste Austin Healey vertelde. Hij had nauwelijks verstand van auto's, maar toch had hij het ding gekocht en met veel pijn en moeite gerestaureerd, met hulp van een monteur. Dat was inmiddels decennia geleden en de Britse oldtimer was bijna een volwaardig gezinslid geworden.

Zijn vader draaide het contactsleuteltje om: een diep gebrom. 'Heerlijk,' mompelde hij en hij wees op de teller: *99.912 kilometer.* Om de een of andere reden leek hij werkelijk te geloven dat dat Daniël interesseerde.

De herfstzon bescheen de weiden met een amberkleurig licht en er was weinig verkeer op de weg. Zijn vader pakte zijn nieuwe set gespreksonderwerpen uit, waarop hij ongetwijfeld later ook zijn gasten zou onthalen: een expositie van Kusama in het Kunsthaus die hij wilde zien, een sappig schandaaltje over een gemeenteraadslid waarover hij de vorige avond op zijn feest had gehoord, een fascinerend boek over de Britse monarchie dat hij aan het lezen was. Hij sprak over Cromwell alsof hij de roemruchte politicus van weleer straks op de koffie verwachtte. Daniël keek telkens weer naar de tachtigjarige man achter het stuur wiens kinderlijke nieuwsgierigheid hij heimelijk bewonderde.

Zelf had hij hem voor zijn verjaardag twee kaartjes voor een toneelstuk in Londen gegeven. Een aardig, maar zinloos gebaar. Daniël woonde al jaren in Engeland en Sylvie was een paar keer met haar dochter langs geweest, maar zijn vader had hem nog nooit opgezocht.

Ondertussen zat die nog steeds vergenoegd te vertellen. Ze reden net een steil hellende weg in het dal op toen Daniël het niet meer uithield.

'Weet je wat ik me gisteren op het feestje afvroeg?' viel hij zijn vader in de rede. 'Hoe mama op haar tachtigste zou zijn geweest.'

Zijn vader keek even geïrriteerd opzij. Hij deed zijn mond open en toen weer dicht, als een karper. Toen zei hij niets meer.

Daniël wachtte nog een paar seconden, maar kreeg geen antwoord, alsof hij zijn vraag nooit had gesteld.

'Heb jij je dat nooit afgevraagd?' drong hij aan. 'Hoe mama nu zou zijn?'

'Zeker wel,' zei zijn vader eindelijk. Hij staarde naar de weg. Zijn gebruikelijke conversatietoon was weg, hij leek onzeker, in het nauw gedreven.

Daniël kreeg onwillekeurig medelijden met de oude man en wist niet meer wat hij moest zeggen. Dit was onbekend terrein. Natuurlijk had zijn vader soms wel over zijn jonggestorven eerste vrouw gesproken, meestal in liefdevolle anekdotes, maar een echt gesprek was het nooit geworden.

Nu doorpakken, dacht Daniël. Dit was misschien de laatste kans.

Maar hij zweeg.

Opgelucht schakelde zijn vader weer over op zijn gewone conversatie, hij vertelde over een reis naar Bretagne die hij al heel lang met Sylvie wilde maken en over zijn plannen om binnenkort zijn werk als architect neer te leggen. Hij stelde voor ergens in een café een potje backgammon te spelen, hij had het bord meegenomen. De vraag van zijn zoon leek hij te zijn vergeten.

De meter stond nu op 99.957 kilometer. Daniël gaf het op.

Zijn vader ging ineens langzamer rijden. 'Het was een kort nachtje.' Hij gaapte. 'Zou je het erg vinden om van plaats te ruilen? Dan kan ik even een dutje doen en ben ik straks weer fris als het bezoek komt.'

Verbijsterd keek Daniël hem aan. In al die jaren had zijn vader hem het stuur van de Austin Healey maar een doodenkele keer toevertrouwd. Het leek niets voor hem om dat op deze beslissende rit naar de vijf nullen ineens wél te doen.

'Weet je het zeker?'

Maar zijn vader was al gestopt en uitgestapt. Hij liet

de sleutel in het contact zitten. 'Maak me maar wakker als de teller op 99.998 staat, dan kunnen we het samen zien.' Ineens leek hij opgewonden. 'Het moment waar we dertig jaar op hebben gewacht.'

Ze wisselden van plaats. Aarzelend kroop Daniël achter het stuur, maar er leek geen diepere bedoeling achter te zitten, zijn vader was waarschijnlijk gewoon moe. Hij startte, een rijk, diep, vol geluid. Hij moest toegeven dat hij het altijd fantastisch had gevonden om met de Austin Healey te rijden als dat mocht. Als kind was hij gefascineerd door auto's en ook nu was het een lekker gevoel om in de oldtimer de haarspeldbochten te nemen. Hij keek even opzij: zijn vader had zijn veiligheidsgordel losgemaakt en was al ingedommeld. Nu hadden ze helemaal geen tijd meer om te praten.

99.967 kilometer.

Hij keek op de teller. Waarom vond zijn vader het moment waarop vijf negens plaatsmaakten voor vijf nullen veranderden zo belangrijk? Zijn hele leven was hij altijd snel over grote drama's en triomfen heen gestapt, maar aan de kilometerstand van zijn auto had hij zich altijd vastgeklampt. Waarom?

Daniël schakelde naar de vierde versnelling en keek naar het Meer van Zürich in het dal. Ineens was daar weer dat beeld van het huis in Zumikon, toen hij een kind was. Toen hij binnenkwam. De onverwachte stilte. Zijn intuïtie die hem ingaf naar de slaapkamer te gaan, waar hij zijn moeder in haar eigen braaksel op de grond zag liggen. Het doosje pillen op het nachtkastje. Het blauwe licht dat de kamer van buitenaf ruw verlichtte. De vrouw van de ambulance die hem in haar armen nam. Zijn vader, die voor het eerst in zijn bijzijn huilde en hem ook omhelsde.

Ze hadden het er bijna nooit over gehad. Wat vaststond: zijn moeder had depressies, maar ze was ook gewoon ongelukkig met een man die carrière maakte, altijd aan het werk was en projecten in Brazilië en Japan realiseerde, vrijwel nooit bij zijn gezin. Zelf bleef ze thuis, zorgde voor het kind en voelde zich opgesloten. Maar was dat een reden om een eind aan je leven te maken? En kon je een eind aan je leven maken en toch van je kind houden?

99.981 kilometer.

Een paar maanden na de uitvaart waren ze buiten gaan wonen en kort daarna had zijn vader de oude Austin Healey gekocht. In het begin had Daniël nog geholpen met restaureren, maar later was hij vooral met houtsnijwerk bezig. Elke dag zat hij na school in het schuurtje achter het huis met zijn mes het ene houten figuurtje na het andere te maken. Ze moesten er precies zo uitzien als zijn moeder. Een paar keer was het bijna gelukt, maar er scheelde altijd wel iets aan. Pas na een jaar had hij het volmaakte houten beeldje gemaakt. Het leek niet alleen sprekend op zijn moeder, maar het voelde ook zo aan. Toen het klaar was, had hij gehuild.

Hij was ermee naar zijn vader gerend en had het hem cadeau gegeven. Zijn vader, die altijd een reptielachtige rust uitstraalde als hij aan het werk was, had even van zijn tekentafel opgekeken, maar niet begrepen hoe waardevol het geschenk was. Hij had zijn zoon bedankt, maar er daarna nooit meer iets over gezegd. Kort daarna had Daniël het houtsnijwerk eraan gegeven.

Nog een bocht. Daniël sloeg af, het bos in. Het werd meteen donker, maar de zon scheen telkens weer tussen de takken van de bomen heen.

De eerste tijd na de dood van zijn moeder konden ze nog goed met elkaar opschieten, maar toen begon zijn vader met vrouwen af te spreken: vreemde wezens die ineens aan de ontbijttafel zaten. Hij nam ook weer projecten in andere landen aan. Als hij dan thuis was, zat hij meestal in de garage of hij maakte eindeloze ritten met de Austin Healey, alsof hij alleen achter het stuur goed kon rouwen. Ze hadden ook intense, lange gesprekken gevoerd, dat wel. Alleen niet dat ene doorslaggevende gesprek.

99.993 kilometer.

Op school was Daniël een goede leerling geweest en na zijn eindexamen was hij bedrijfseconomie gaan studeren, waarna hij een goede baan bij de particuliere bank Julius Bär had gekregen. Hij had gereisd, een paar relaties gehad zonder zich werkelijk aan een vrouw te kunnen binden. Hij simuleerde in zijn relaties net zo kunstig als zijn vader in zijn gesprekken. Vaak keek hij uit zijn raam naar het nachtelijke Meer van Zürich en dan stelde hij zich voor dat hij zich in dat zwarte water verdronk. Toen hij besefte dat hij dat echt meende, had hij van de ene dag op de andere ontslag genomen en was naar Londen vertrokken.

Een paar weken later werkte hij bij een Engelse bank en ontmoette hij Judith, een Duitse. Ze waren allebei nieuw in Londen en voelden zich wat verloren, dus klampten ze zich aan elkaar vast. Hij werd verliefd, dacht hij. Ze bleven drie jaar bij elkaar. Maar net zoals zijn vader nooit zei wat hij zo graag had willen horen, zo gunde hij Judith nooit een blik op zijn innerlijk. In het begin speelde dat nog geen grote rol, maar na een tijd werd al dat onuitgesprokene een loden last op hun relatie.

Als Judith naar zijn moeder vroeg, gaf hij eenlettergrepige antwoorden, want hij wist zelf ook niets. Als ze hem echt had begrepen zouden ze het samen misschien hebben gered, maar uiteindelijk was de breuk geen verrassing, op het laatst maakten ze alleen nog maar ruzie. En nu was hij negenendertig en nauwelijks wijzer dan toen hij vijftien of zevenentwintig was. Eigenlijk had hij ook een Sylvie nodig. Of een goede therapeut. Dan zou alles vanaf het begin anders...

Daniël wierp een verstrooide blik op de teller en schrok.

100.001 kilometer.

206

Zijn hart sloeg een slag over. *Zeg dat dit niet waar is!*

Hij keek panisch naar zijn vader, maar die was diep in slaap en snurkte zacht. Zijn mond hing open. Het laatste cijfertje gleed omlaag:

100.002 kilometer.

'Shit,' fluisterde Daniël. 'Shit, shit, shit.'

Hij stopte. Zijn gedachten gierden door zijn hoofd. Had hij niet ergens gelezen dat je de meter kon terugdraaien door achteruit te rijden? Ja, dat deed die jongen in die film, *Ferris* nog wat, met een Ferrari. Daniël keek achterom: de weg was vrij. Hij zette de auto in zijn achteruit en gaf gas. De eerste meters ging alles goed, de weg was kaarsrecht. Daarna kwamen er een paar bochten, en ineens maakte zijn vader in zijn slaap een hard smakgeluid. Maar het was vals alarm, hij sliep rustig door.

100.002 kilometer.

Waarom gebeurde er niets? Misschien reed hij te langzaam. Hij besloot op het volgende rechte stuk wat meer gas te geven. Hij nam de bocht nog langzaam en voorzichtig en...

Knal. Hij werd eerst in de stoel gedrukt en toen naar voren geslingerd. Zijn vader sloeg met zijn hoofd tegen het handschoenenkastje.

'Wat... Wat doe je?'

Zijn vader greep verward naar zijn voorhoofd. Zijn hand zat onder het bloed. Pas nu drong tot Daniël door dat hij in de bocht op een tegemoetkomende tractor was gebotst. De boer op de tractor leek ongedeerd en sprong na de eerste schok woedend op de weg.

'Ben je van de pot gerukt?' schreeuwde hij tegen Daniël.

Toen zag hij Daniëls vader, die hij leek te kennen. Daniël haalde opgelucht adem, want zijn vader stond op goede voet met zijn buren en praten kon hij als de beste. Al snel had hij de boer zover dat hij niet meer overwoog de politie te bellen, maar de zaak onderling in der minne wilde schikken. Met andere woorden: vijfhonderd frank. De Austin Healey was enigszins gehavend, maar de tractor had alleen een klein deukje.

Toen ze de boer eindelijk kwijt waren en weer in de auto zaten, zuchtte zijn vader. 'Het duurt een eeuwigheid voordat we die grille weer hebben uitgedeukt. En leg nu eens uit waarom je...'

Toen zag hij de stand op de teller.

Ze zaten in de auto te bekvechten. Zijn vader wilde gewoon niet begrijpen hoe je zo'n eenvoudig taakje – op vijf cijfers letten – kon verpesten. Wist Daniël dan niet hoe belangrijk dat voor hem was?

Daniël begon excuses te stamelen, maar ineens werd hij ontzettend kwaad. Op zijn moeder, met wie het hele gezeik was begonnen. Op zijn vader en zijn belachelijke obsessie met die vijf nullen. Op het leven, dat hem in dat absurde toneelstukje met die vloekende boer had gekatapulteerd.

'Weet je wat?' Hij deed het handschoenenkastje open, waar zoals altijd oude wegenkaarten en een pijp in lagen, al rookte zijn vader voor zover hij wist niet meer. Hij deed het deurtje met een klap weer dicht. 'Het spijt me helemaal niet! Waarschijnlijk wilde ik dit zelfs... Ik heb nooit met je kunnen praten en jij hebt die stomme vijf nullen gemist. Nu staan we quitte.'

Zijn vader keek hem verbijsterd aan. 'Hoe bedoel je, je hebt nooit met me kunnen praten? We hebben zo vaak gepraat, we hebben...'

'Ach, hou toch op, je weet precies wat ik bedoel. We hebben nooit echt over mama gepraat, niet één keer. Waarom ze het heeft gedaan. Of ze wel van ons hield. Waarom ze niet eens een briefje heeft achtergelaten. Dat heb je allemaal altijd voor je gehouden en verdrongen, je was altijd naar je congressen en symposia en je bouwde huizen voor allemaal mensen in Sydney en Singapore en je was er nooit. Alsof haar dood je niets kon schelen. Weet je eigenlijk wel hoe godvergeten alleen ik was tussen al die gasten en feestjes en projecten van jou?'

Er trok een waas voor zijn ogen. 'En als we dan praatten, was je er niet echt bij. Je had alleen belangstelling voor je auto en die flauwekul met die vijf nullen.' Hij keek zijn vader woedend aan. 'Ik zou weleens willen weten in wat voor vlaag van verstandsverbijstering je die onzin destijds hebt bedacht.'

Hij keek naar zijn vader, die zichtbaar aangedaan

was door al die verwijten. De wond op zijn voorhoofd bloedde niet meer, al was de kraag van zijn jasje wel rood. Hij leek even na te denken en antwoordde toen: 'Maar Dani, dat met die vijf nullen was toch jóúw idee.'

Daarna bleef het lang stil. Daniël nam in zijn hoofd koortsachtig zijn oude herinneringen door. Ineens snapte hij dat het klopte. Niet omdat hij het nog wist, maar omdat hij het voelde.

'Toen dat allemaal gebeurde, kende ik je nog nauwelijks.' Zijn vader bette zijn voorhoofd. 'Je hebt volkomen gelijk. Ik was veel te vaak weg, ik was er niet voor je. Daar heb ik nu spijt van. En het was ook verkeerd van me dat ik dat nooit in zoveel woorden tegen je heb gezegd, want we zijn helemaal uit elkaar gegroeid, dat moet je wel zo zien. Het spijt me...' zei hij zacht.

Daniël knikte onwillekeurig. Hij streek met zijn vinger over het krukje van het raam.

'Toen je moeder een eind aan haar leven maakte was jij negen,' zei zijn vader. 'En ook nogal gesloten tegenover mij, want ik was een vreemde voor je, jij was altijd bij mama. Ik wist eigenlijk maar één ding van je: dat je van auto's hield. Dat stond heel ver van me af, maar toch heb ik toen die oude, kapotte Austin Healey gekocht. Ik dacht dat we misschien nader tot elkaar zouden komen als we hem samen opknapten.'

Zijn vader ademde zwaar en zag er ineens zo oud uit als hij was. Hij legde een hand tegen de wang van zijn zoon.

Daniël boog zijn hoofd. Tot zijn verrassing kreeg hij tranen in zijn ogen. *Niet nu*, dacht hij geërgerd, maar ze bleven stromen. Hij perste zijn lippen op elkaar.

'En dat weet ik nog als de dag van gisteren,' hoorde hij zijn vader zeggen. 'Bij ons eerste ritje hadden we het over de teller, die toen bijna op veertigduizend stond. Bijna één keer de wereld rond. Dat hield je nogal bezig toen je negen was. En toen vroegen we ons af hoe het zou zijn als er honderdduizend op de teller stond en hoe oud we dan zouden zijn. Honderd, zei jij. En toen zei je nog iets wat alleen een kind kan zeggen: *Hé, papa, als er honderdduizend kilometer op de teller staat, dan zijn we niet meer verdrietig om mama...* Ik had gedacht dat je dat nog wel zou weten. Zoiets kún je toch niet vergeten zijn, dacht ik.'

Zijn vader keek hem zijdelings aan, maar Daniël zei niets.

Toen ze terug waren en Sylvie de beschadigde auto zag, vertelden ze niet wat er echt was gebeurd. Ze maakten er een grappige anekdote van en babbelden met de gasten, die al snel kwamen, alsof er niets was gebeurd. En toen Daniël de volgende ochtend terugvloog, omhelsden hij en zijn vader elkaar bij het afscheid lang en innig.

De weken daarna hoopte hij dat zijn vader hem nu wel in Londen zou komen opzoeken. Hij stelde zich voor hoe ze de draad van hun laatste gesprek weer zou-

den oppakken en zich eindelijk echt zouden uitspre-
ken. En zijn vader nam zich telkens weer voor naar
Londen te gaan.

Maar het kwam er nooit van.

In het nieuwe jaar werd Daniël verliefd, op een Engelse uit Bristol. Ze heette Norah en ze had net als hij
een moeilijke tijd achter de rug. Haar vorige vriend,
die half Duits en half Frans was, had haar gedumpt
voor een oude jeugdliefde van school – zonder waar-
schuwing, van het ene moment op het andere. Daniël
voelde dat het met Norah serieus kon worden en dat
hij tegen haar de dingen kon zeggen die hij altijd voor
zichzelf had gehouden. Zijn wonden kwamen haar
vertrouwd voor.

Hij mailde vaak met zijn vader, die ondanks zijn aan-
kondiging dat hij ging stoppen nog steeds werkte. De
mails waren opgewekt, maar oppervlakkig. Eerst was
Daniël verdrietig omdat er niets veranderde, maar hij
kende het leven inmiddels wel zo lang dat het hem
niet echt verbaasde. En op het laatst dacht hij er bijna
nooit meer aan.

Op de ochtend dat Sylvie belde, begreep hij meteen
wat er aan de hand was. De begrafenis was in Zürich.
Hij ging er met zijn vriendin naartoe. Het was een so-
bere uitvaart. De muziek had zijn vader zelf uitgeko-
zen, er waren veel mensen, er werden anekdotes uitge-
wisseld, maar geen enkel gesprek ging de diepte in.

Het leek bijna alsof zijn vader een eindje was gaan wandelen en elk moment weer binnen kon komen. Alleen Sylvie huilde aan één stuk door en haar korte, heel persoonlijke toespraak was een snee in het oppervlak.

Daniël sprak niet.

Toen het testament werd geopend hoorde hij dat Sylvie en hij allebei van alles vijftig procent zouden erven; ook het huis en alle bezittingen van waarde moesten zo worden verdeeld.

'Het testament is al een paar jaar oud,' zei de notaris tegen Daniël. 'Alleen het laatste punt is nieuw, dat heeft uw vader een paar weken geleden toegevoegd.' Hij las voor: *'Verder vermaak ik aan mijn zoon iets wat ik mijn hele leven bij me heb gehad en wat ik hem nu graag wil teruggeven. Dat doe ik met innige dank en met het diepgevoelde berouw en de liefde van iemand die het niet altijd zo heeft kunnen doen als hij zou hebben gewild.'*

De notaris haalde een wit linnen zakje uit een la. Daniël nam het aan, maar maakte het niet open en stopte het zwijgend in zijn zak.

Pas in Londen, op een dag dat Norah met een vriendin had afgesproken, haalde hij het tevoorschijn. Hij wist natuurlijk wel wat erin zat, maar hij wilde er alleen mee zijn. Tot zijn verrassing zag hij dat zijn handen trilden.

Toen Norah thuiskwam zat hij uitgeput op het bed

en zonder een moment te aarzelen omhelsde ze hem. Haar vingers streelden zijn nek.

'Wat heeft hij je gegeven?' vroeg ze.

Daniël haalde het houten figuurtje tevoorschijn en zette het op het nachtkastje.

'Vergiffenis,' zei hij.

Dankwoord

Mijn eerste dank is aan jullie, lieve Ricke en beste Wolfgang, voor alles wat jullie voor me hebben gedaan!
Ook wil ik mijn redactrice Ursula Baumhauer bedan-
ken, en mijn agent Thomas Hölzl en mijn zus, en Ro-
ger Eberhard, Anna Galizia, Georg Grimm, Marie
Gronwald, Muriel Siegwart, Daniel Wichmann en alle
anderen die me hebben gesteund in de tien jaar waarin
deze verhalen zijn ontstaan. Een onschatbaar advies
voor dit boek kreeg ik van mijn nicht Helene, die ik
hier graag op een voetstuk wil plaatsen.

Ik was dertien en had nog nooit een *Star Wars*-film
gezien toen vrienden me meesleepten naar *The Empire
Strikes Back*. Eerst was ik sceptisch, toen werd ik gegre-
pen door het verhaal en op het laatst, bij de zin: '*I am
your father!*' was ik betoverd zoals nooit eerder bij een
film. Innige dank dus aan George Lucas (en Steven
Spielberg!) voor al die onvergetelijke filmmomenten;
mijn verhaal is niets meer of minder dan een diepe bui-
ging. Trouwens, ik ben weliswaar van huis uit toege-
rust met een bedenkelijke hoeveelheid kennis over dit
onderwerp, maar in zijn prachtige non-fictieboek

How Star Wars Conquered the Universe heeft Chris Taylor me inkijkjes in die wereld geboden die ook voor mij nieuw waren, en het is mede aan hem te danken dat veel achtergrondfeitjes in *De filmserie* kloppen.

Jaren geleden heeft mijn vader me de anekdote over een door verhalen omgeven tellerstand verteld die me heeft geïnspireerd tot het schrijven van *Honderdduizend*, en hij is ook altijd de eerste die van absurde dingen zoals het *Star Wars*-verhaal kan genieten. Het idee daarvoor kreeg ik weer toen ik een eetafspraak met mijn moeder had. Die keer ben ik gewoon midden in het gesprek opgesprongen en naar mijn laptop gerend, waarna ik me een paar uur niet meer heb laten zien. Ik dank haar voor haar begrip – en voor het heerlijke eten en de mooie gesprekken.

Last but not least: *Het internaat* dankt zijn ontstaan aan Alexander Broicher, die me vroeg een tekst over ontheemding te schrijven voor de bundel *Unbehauste*, waarvan de opbrengst naar vluchtelingenhulp gaat. Veel dank aan de goede fee van het internaat Grunertshofen, onze groepsleidster Birgit, en aan Maria Klose. En aan mijn toenmalige klasgenoten, die ik geen van alle ooit zal vergeten.

Benedict Wells

Lees meer van Benedict Wells

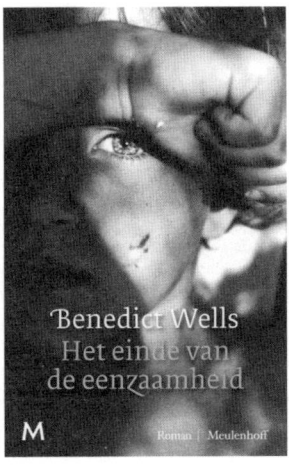

Wanneer Jules Moreau na een ernstig motorongeluk in het ziekenhuis belandt, wordt hij geconfronteerd met herinneringen uit zijn jeugd. Al vroeg verloren Jules, zijn broer Marty en zijn zus Liz hun ouders door een tragisch ongeval. Op hen alle drie laat dit verlies zijn sporen na, en in de jaren die volgen groeien zij gaandeweg uit elkaar. Vooral de eens zo zelfbewuste Jules trekt zich steeds meer in zijn eigen wereld terug. Alleen met de mysterieuze Alva kan hij vriendschap sluiten; jaren later zal hij echter pas begrijpen wat ze voor hem betekent – en wat ze altijd voor hem heeft verzwegen.

Als ze volwassen zijn verschijnt Alva weer in zijn leven. Even ziet het ernaar uit dat ze de verloren jaren kunnen goedmaken, tot ze toch weer door het verleden worden ingehaald.

Het einde van de eenzaamheid is een ontroerende, prachtige roman over het verwerken van verlies en eenzaamheid, en over de vraag wat onveranderlijk is in de mens. En bovenal een grootse liefdesgeschiedenis.

Verkrijgbaar als

Ooit wilde Robert Beck muzikant worden, maar hij kwam als leraar op een middelbare school terecht. Nu hij de veertig nadert, gaat zijn leven hem steeds meer tegenstaan. Totdat hij het buitenbeentje Rauli Kantas in de klas krijgt, wiens stem en gitaarspel bovennatuurlijk goed zijn. Beck besluit zich over hem te ontfermen, maar niet geheel belangeloos: als ontdekker, manager en songwriter van Rauli hoopt hij dat zijn grote droom, een glansrijke carrière in de muziek, alsnog in vervulling gaat. Maar net als Beck heeft ook de raadselachtige Rauli zijn geheimen...

Er breekt een zomer aan waarin alles mogelijk lijkt – en alles op het spel staat. De zoektocht naar een label verloopt anders dan verwacht, Becks relatie met de studente Lara hangt aan een zijden draadje en zijn beste vriend, de Duits-Afrikaanse Charlie, trekt op magische wijze problemen aan. Alle personages zijn op weg om zichzelf te ontdekken en dat pakt niet altijd zo uit als ze hadden gedacht. Uiteindelijk moet Beck beslissen hoeveel hij werkelijk voor zijn vrijheid overheeft.

Becks laatste zomer is een *road novel*, een universeel verhaal over muziek, de liefde en het leven – grappig, wijs en ontroerend.

Verkrijgbaar als

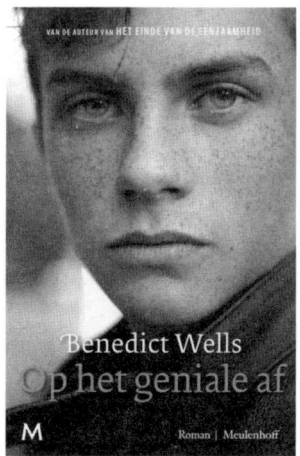

De intelligente Francis Dean woont met zijn moeder in een vervallen trailerpark in New Jersey. De hoop op een betere toekomst heeft hij opgegeven – tot hij de waarheid achter zijn verwekking ontdekt. Zijn bestaan komt blijkbaar voort uit een absurd experiment waaraan zijn moeder achttien jaar geleden deelnam. Zijn vader is geen loser die zijn gezin in de steek liet, maar een genie, cum laude afgestudeerd aan Harvard. Hem ontmoeten zou Francis' leven kunnen veranderen.

Samen met zijn beste vriend Grover, een excentrieke whizzkid, en het meisje van zijn dromen, de delicate en onvoorspelbare Anne-May, begint hij aan een tocht dwars door Amerika om zijn vader te vinden. Hij wil ontdekken wie hij werkelijk is en hij heeft niets te verliezen – denkt hij.

Op het geniale af is het verhaal van een spannende ontdekkingsreis met meedogenloze wendingen en een adembenemende afrekening.

Missouri, 1985. De moeder van de vijftienjarige Sam is ziek, zijn werkloze vader weet zich geen raad en sluit zich voor iedereen af. In een poging zijn ongelukkige thuissituatie te ontvluchten neemt Sam een vakantiebaantje in een oude bioscoop. Voor de duur van een magische zomer wordt alles op zijn kop gezet. Hij maakt vrienden, hij wordt verliefd op de mooie Kirstie en ontdekt geheimen over zijn woonplaats. Voor het eerst in zijn leven is Sam niet langer een onopvallende buitenstaander maar maakt hij deel uit van iets groters. Als zijn moeder overlijdt komt er een abrupt einde aan deze gelukkige maanden, en wordt Sam gedwongen om volwassen te worden.

Hard land is het verhaal van een onvergetelijke zomer, een roman doordrenkt met heimwee naar vroeger – en daarmee een hommage aan klassieke coming of age-films zoals *The Breakfast Club* en *Stand By Me.*

Verkrijgbaar als